나를 닮은
목소리로

박완서
산문집
9

나를 닮은 목소리로

문학동네

차례

1부 그들은 어디에

2부 내가 꿈꾸는 죽음

3부 어린것의 손을 잡고

일러두기

* 이 책은 1998년 출간된 『어른 노릇 사람 노릇』(작가정신)을 재편집한 것입니다.
* 『표준국어대사전』 및 『고려대한국어대사전』을 기준으로 한글 맞춤법을 통일했으나, 많은 부분에서 저자의 표현을 최대한 살렸습니다.

1부
그들은 어디에

운명적 이중성

우리 육십대들이 모이면 흔히 하는 말이 우리처럼 시대를 잘못 만난 세대도 없을 거라는 한탄이다. 비록 남북이 분단된 불완전한 평화이긴 하지만 근 반세기 가깝게 전쟁 없는 세상을 다리 뻗고 누리다보니, 소년 시절부터 청년기까지 한창 좋은 나이를 중일전쟁, 이차대전, 육이오 남침 등 쉴새없이 겪은 전쟁의 공포와 궁핍이 우리 세대만의 불공평한 불운처럼 느껴져서 억울한 것이다.

그러나 우리의 한탄 속에는 일말의 자긍심 또한 내포돼 있는 것도 숨길 수 없는 사실이다. 여름엔 쉰밥을 씻어 먹고, 겨울이면 구들장 밑에 살인 가스를 깔고 자도 윗목에서는 걸레가 어는 추위를 견딘 우리 세대로서는 도무지 실감이 안 나는 만 달러 시대의 풍요가 다 뉘 덕인 줄 아느냐? 우리가 허리띠를 졸라매고 견딘 내핍과, 초인적인 노동과, 지칠 줄 모르는 교육열 덕이라고 은근히 뽐내고 싶은 것이다. 그래 그런지 우리 육십대들은 할말이 많다.

나만 해도 공식적인 자리에서 늦게 등단하게 된 이유를 물으면 오백 년은 산 것 같은 체험의 부피 때문에 쓰지 않을 수가 없었노라는 대답을 흔히 해왔다. 그건 궁핍과 풍요, 전쟁과 평화, 식민지 시대와 자주독립국가 시대를 두루 경험한 우리 세대 공통의 시간 감각하고도 또다른, 나만의 것일지도 모르지만 나로서는 조금도 과장 없는 진실이다.

농경시대의 수공업 문화가 고스란히 살아 있는 산골 벽촌에서 태어나 오늘날 천만 인구의 수도 서울 첨단의 아파트촌에서 노후를 보내고 있는 나라는 개인을 스쳐간 문화의 부피가 나로서는 그렇게 버겁게 느껴진다는 얘기이다. 사실 내가 태어난 마을과 비슷한 이웃 마을에서 태어나 우리 마을로 시집와 그곳에서 일생을 마친 우리 할머니의 육십 평생과 나의 육십 평생의 경험의 부피를 비교해볼 때, 오백 년이라는 어림짐작도 과장은커녕 과소평가가 될지도 모르겠다.

이렇게 많은 걸 보고 듣고 겪었다고 스스로 자부하고 있음에도 불구하고 그런 풍부하고 특별난 경험에서 얻어진 지혜가 자식들이나 손자들에게 별로 환영받지 못하고 때로는 귀찮아하고 천대까지 받는다는 게 우리 세대의 자격지심이자 비애이다.

우리 세대의 가장 큰 자부심은 가난을 극복한 주역이라는 것, 바로 그 점이 우리 시대의 약점이 될 줄 어찌 알았을까. 아무리 공치사를 안 하려고 조심을 하느라고 하건만도 워낙 가난의 기억이 우리 의식 속에 강력하게 눌어붙어 있는지라 어느 틈에 그 티를 내고 만다. 그건 곧 구박을 자초한 결과를 가져온다.

자식들이 멀쩡한 가구나 가전제품을 바꾸는 걸 예사롭게 보아 넘기지 못하고, 먹다 남은 음식을 그 자리에서 쓰레기통에다 버리는 걸 보면 천벌이 내릴 것 같아 기어코 한마디하고 만다. 그래서 아들 며느리한테 구박을 받고 손자들은 아예 상대도 안 하려 든다.

내 친구 중의 하나는 멋쟁이 며느리가 계절이 바뀔 때마다 한 보따리씩 버리는 옷이 아까워서 몰래 집어다두었다가 파출부한테 선심을 썼더니, 파출부가 할머니한테 무시당하기 싫어 그만 다니겠다는 통고를 해왔다면서 서럽고 억울해서 울먹이며 친구들한테 전화를 해댔지만 아마 집에서 며느리한테는 한마디도 못했을 것이다.

나에게 사촌뻘 되는 동갑내기 오라버니는 딸네 집에서 며칠 유하러 갔다가 딸이 식탁에서 아버지가 남긴 음식을 곧장 쓰레기통에 버리는 걸 보고 딸이 그 음식을 께적지근하게 여겨서 그런다고 생각하고 큰 소리로 호령을 하고 나서 하룻밤도 안 자고 아들네로 돌아오고 말았다.

그의 며느리 역시 먹던 음식은 자식이 먹던 거건 부모가 먹던 거건 다시 상에 올리지 않기는 마찬가지인데 다만 안 보는 데서 그렇게 한다는 것만이 딸과 다른 점이었다. 그러나 그 며느리 역시 시아버지 보는 앞에서는 냉장고에 넣어두었다가 나중에 버려야 하는 번거로움을 대단한 시집살이처럼 일가친척한테 풍기고 다닌다는 걸 그 노인이 모르고 있을 뿐이었다. 그 며느리는 그후 시아버지로부터 받는 스트레스 때문에 신경안정제를 상습적으로 복용한다고 했고 시아버지는 아직도 며느리로부터 봉양을 받는다는 자부심이 대단하다.

우리 세대가 받고 있는 효도라는 게 실은 이렇게 위태롭기 짝이 없는 것이다. 정도의 차이는 있지만 이렇게 가정적으로 불안정한 위치에 있는 우리 육십대는 소싯적에 거의 다 노부모를 모신 경험이 있고, 전쟁중에 결혼을 했기 때문에 노부모와 한 방을 쓰는, 기막힌 신혼 시절을 겪은 이도 적지 않다. 그러나 지금은 완벽하게 개인생활이 보장된 아파트나 단독주

택의 가장 인기 없는 방 한 칸을 내주기만 해도 효자 소리를 듣는 자식 밑에서 눈칫밥을 먹고 산다.

더 기막힌 사실은 우리는 우리의 윗대처럼 경제적으로 전적으로 자식한테만 의존하지는 않으려고 나름대로 준비를 해왔건만도 그런 열악한 지위를 감수한다는 사실이다. 대가족제도의 장단점과 돈의 중요함을 일찍부터 터득했을 뿐 아니라, 산업사회화가 생활의 여유와 함께 여권신장, 핵가족화 등 노후를 위협하는 징후를 충분히 눈치채고 있었기 때문에, 퇴직금이나 자기 명의의 집 한 채 정도는 움켜쥐고 있는 게, 중산층 육십대들이 그 윗대들과 다른 점이다.

마음만 먹으면 따로 나와 생활을 즐길 수도 있으련만 자식하고 같이 사는 게 남 보기에 좋다는 순전히 외관상의 이유로 속으로 곪는 생활도 마다하지 않았다. 흔히 한국 사람을 부정적으로 말할 때 내실보다는 체면을 중시하고, 내가 어떻게 느끼나보다는 남이 어떻게 볼까를 더 중하게 여긴다고 말하는데 그 대표적인 세대가 육십대가 아닌가 싶다.

육십대의 또하나의 슬픈 특징은 자랑거리가 없는 세대라는 것이다. 우리는 일제시대하고도 일제의 식민지 통치 기술이 무르익을 대로 무르익은 시기에 태어났다. 특별히 의식 있는 독립운동가의 집안이라면 모를까, 보통 집안에서 태어난 우리는 일본이 우리 조국인 줄 알았다. 신사참배 하면서 진심으로 일본이 승리하길 빌었고 궁성을 요배할 때는 가슴이 울렁거렸고, 미국과 영국은 사람의 탈을 쓴 귀축鬼畜인 줄 알았다.

우리의 할아버지 대만 해도 조선왕조의 추억이 있고, 우리 아버지 대는 삼일운동의 찬란한 긍지가 있었지만, 그들은 그것을 구전으로라도 우리에게 물려줄 엄두를 못 냈다. 보통의 소심한 식민지 백성에 불과했던 그들은 조선이 독립할 수 있으리라는 걸 감히 상상도 못했고, 자식 대라도 갈등 없이 일본화되어 일본 사람과 동등한 삶을 누리길 바랐다.

김일성이 사망했을 때 이북 어린이들이 땅을 치고 통곡하는 걸 보면서 어떻게 아이들이 저럴 수 있나, 필시 살기 위한 연극일 거라고 비판하는 소리를 들은 적이 있는데, 일제를 겪은 우리는 얼마든지 그럴 수도 있다는 걸 이해할 수 있었다.

비인간적 독재 체제가 국민을 외부와 고립시켜 길들이기로 작정을 하면, 인간을 얼마든지 바보나 꼭두각시로 만들 수도 있다는 걸, 인간이 인간으로 태어나는 게 아니라 인간으로 길러질 뿐이라는 걸 체험적으로 알고 있는 게 바로 우리 육십 대의 가장 큰 비극이다.

일본이 망할 수도 있다는 게 우리에게 희미한 희망이 되기 시작한 건 이차대전의 패색이 짙어질 무렵이었다. 그제야 우리 부모들은 마침 징집의 대상이 되기 시작한 우리를 전전긍긍 숨기기도 하고 시골로 피난을 시키기도 했다. 그러나 징병이나 징용을 피할 구멍은 거의 없었기 때문에 만약 최일선에 서게 된다고 해도 일본을 위해서 목숨을 바치는 건 어리석은 일이라는 걸 우리에게 가르쳐주기 위해 처음으로 민족의식을 일깨워주었다. 일본의 패색이 짙어지자 희망과 용기가 생긴 탓도 있었지만, 그 무렵 널리 보급되기 시작한 방송수신기는 비로소 외국에 있는 독립운동 세력의 존재를 확신시켜주었고, 그건 유언비어의 형식으로 조선 사람 사이에 널리 유포됐다.

밤말은 쥐가 듣고 낮말은 새가 들을까봐 쉬쉬 목소리를 죽여가며 수군수군 이승만, 김구, 김일성 이름이 오르내렸다. 한 치 앞을 못 내다보고 오로지 노예처럼 기기만 하던 백성이 비로소 고개를 들고 앞을 내다보기 시작했고, 그 아득한 미래의 지평에 영웅들이 희미하게 모습을 드러낸 것이다.

그때 들은 영웅들의 일화 중 지금까지도 잊히지 않는 게 김일성에 관한 거다. 그는 축지법을 써서 하룻밤에 몇백 리씩 동에 번쩍, 서에 번쩍, 신출귀몰한다는 것이었다. 나중에 생각해보니 빨치산 활동이 그렇게 과장되고 신비화된 거였다.

드디어 일본이 망하고 조선은 해방이 되었다. 그러나 연합군의 승리가 가져다준 선물일 뿐 우리가 노력해서 얻은 건 아니었다. 그래서 절대로 안 망할 줄 안 신국神國을 무너뜨린 눈부신 강자들이 우리의 조국 한허리를 직선으로 두부모 자르듯이 잘라놓아도 찍소리 한마디 못하고 당할 수밖에 없었다. 자유와 독립이란 당하는 게 아니라 쟁취하는 거여야 하거늘, 우리는 한 게 너무 없었다. 귀국한 해외의 독립운동 세력이 그나마 우리의 자존심을 세워줬지만, 그들의 세력 다툼도 보기 좋은 것만은 아니었다.

열 살이 넘어서 스무 살이 다 되어 비로소 한글을 가갸거겨부터 배우는 창피 말고 뽐낼 건 아무것도 없었다. 분단은 국토에만 한한 게 아니었다. 부모 자식 간은 죽으나 사나 공동운명첸 줄 알았는데, 연합군이 국토를 갈라놓은 것처럼 연합군이 가져온 좌우의 이데올로기가 부모 자식 사이까지 이간질시켰다. 어느 시대에나 있게 마련인, 부모 세대가 현실안주적이라면 자식 세대가 이상주의적이라는 평범한 세대차가 좌우의 대립이라는 사상적 갈등으로 나타났다. 그렇다고 이제 막 한글을 배우기 시작한 주제에 무슨 투철한 사상이 있었겠는가.

우리는 젊은 혈기로 우리가 안 가진 걸 원했다. 북쪽에 이상향이 있을 것 같았다. 북쪽이 단행한 것 중 가장 마음에 드는 건 친일파의 철저한 숙청이었다. 해방 후의 남쪽 정국에서 가장 실망스러운 건 친일파가 여전히 거들먹거리며 요직을 차지하고, 일제의 충직한 개 노릇을 하던 악명 높은 형사가 빨갱이 잡아들이는 도사로 둔갑하여 경찰 간부가 돼 있다는 기막힌 사실이었다. 그러나 우리 부모 세대는 털어서 먼지 안 나는 사람 어디 있느냐는 식의 편리하고 구역질나는 아량으로 오직 미군이 베푸는 밀가루와 캔디에만 정신이 팔려 있었다. 삼팔선을 꾸역꾸역 넘어오는 북쪽 사람들의 이북 정치에 대한 증언도 우리의 생각을 바꾸지는 못했다. 월남민들은 다 지주나 친일파 계급이려니 싶었던 것이다.

남북이 따로따로 독립을 하고 나서 육이오전쟁이 터지자 적극적이든 소극적이든 사회주의 체제에 호감을 가졌던 우리의 꿈은 산산이 깨졌다. 이상주의란 결국은 자유주의였던 것이다. 깨진 꿈을 미처 수습하기도 전에 우리는 북으로도 끌려가고 남쪽에 남아 국군이 되기도 했다. 그때 우리는 마침내 빛나는 이십대가 돼 있었고, 우리가 떠밀리다시피 얼떨결에 주역으로 등장한 첫무대는 불행하게도 동족상잔이라는 가장 치욕스럽고 가장 잔인한 전쟁터였던 것이다. 그때부터 우리 세대는 다시 우리 세대끼리 분열하여 좌우 남북으로 편을 갈라 필살의 총부리를 겨누었다.

내 졸업 앨범을 보면 한 학급에 일 할 정도가 육이오 때 행방이 묘연해졌다는 걸 알 수가 있다. 여고 졸업생이 그 정도니 남자들은 그 정도가 훨씬 더했을 것은 말할 것도 없으리라. 어떤 이민족끼리도 그렇게 잔인하게 싸우진 못할 것이다. 내 핏줄한테 총을 겨누기 위해선 그 정도로 잔인해질 수밖에 없었다. 살상은 전선에서만 행해진 게 아니었다. 후방에서도 저놈은 빨갱이라는, 저놈은 반동이라는 손가락질 한 번으로 간단하게 남의 목숨을 빼앗을 수가 있었으니까.

우리는 그때 사람도 아니었다우, 라고밖에 그 당시에 대해 할말을 잃는다. 그렇게 치열하게 싸우고도 통일은 되지 않았다. 직선으로 그어졌던 삼팔선이 휴전선이라는 곡선으로 바뀐 게 엄청난 희생의 대가였다. 그러고 나서 거칠 것 없는 이승만 독재, 반공이 국시가 되고, 빨갱이로 모는 게 정적을 숙청하는 가장 간단한 수단이 되어도 우리는 수굿이 할말을 잃었다. 어떻든 공산 치하보다는 낫다는 걸 몸소 체험한 뒤였으므로. 그런 세상에서 살아남은 우리는 결혼을 하고, 자식새끼를 낳아 식구를 불리고, 자식이라도 좋은 세상 보게 하려고 마소처럼 일해서 번 돈을 교육비에 아낌없이 부었다.

사일구가 이승만 일인 독재에 종식을 고했지만 우리 세대는 부끄러운 목격자였을 뿐 주역은 아니었다. 삼일운동이 우리에게 빛나는 전설이었을 뿐 주역은 아니었던 것처럼. 우리에게 주역의 자리가 주어졌던 것은 오직 육이오전쟁밖에 없었다니. 우리는 얼마나 불쌍한 세대인가. 사일구의 감동은 목격자 노릇만으로도 벅찬 것이었지만, 그후에 목격한 좌절의 쓴맛은, 학생운동에 대한 우리의 이중적인 시각의 뿌리가 되었다.

그후에 등장한 군사정권을 종식시킬 수 있는 유일한 숨통을 운동권에 걸면서도 내 자식만은 거기 휩쓸리지 않기를 바랐다. 어느새 우리 세대는 대학생 자녀를 거느리게 된 것이다. 최루탄 냄새를 풍기며 돌아온 자식을 붙들고 눈물겨운 설교를 하다가도 다음날 등교하는 자식의 등뒤에다 대고는 정 데모를 할 수밖에 없는 상황이 되더라도 앞장은 서지 마라, 맨 뒤에도 서지 말고 가운데쯤에서 얼쩡대라는 비열한 절충안을 내놓곤 했다. 그건 곧 혁명에 대한 우리 세대의 본심이기도 했다.

그렇게 기른 자식들이 자라서 이제 제 자식을 거느리고, 제 자식 귀한 줄만 알지 부모는 쉰밥 알듯 하면서, 일과 여가를 적당히 즐기는 한창 나이가 돼 있는 게, 우리 육십대의 한심한, 그러나 아직은 동정받고 싶지 않은 평균치의 처지이다.

일전에는 정년퇴직한 육십대의 스승님을 단체로 모시고 일본 여행을 다녀온 젊은이한테 이런 얘기를 들은 일이 있다. 그 스승님들은 평소 어찌나 반일 감정이 철저한지 일본을 한 번도 일본이라고 제대로 부르는 걸 못 봤다고 했다. 쪽발이 아니면 왜놈이라고 불렀고, 우리말 속에 남아 있는 일본말의 잔재에 대해서도 어찌나 민감한지 그 앞에서 함부로 말하기가 겁나는 철통같은 민족주의자들이어서 일본 여행을 권할 때도 적을 제압하려면 적을 알아야 된다는 식의 적대감을 부추겨서 겨우 성사를 시켰다고 한다.

그러나 일본에 도착하자마자 말이 통한다는 걸 안 그 스승님들은 물을 만난 고기처럼 의기양양해져서 제각기 개인행동을 하려 들었다. 어느 날 밤에는 숙소에 한 명도 안 남고 다 외출을 했는데 일본인 동창을 만나러 나갔다는 것이었다. 하긴 동창에 국경이 어디 있겠는가, 거기까지는 좋은데 단체로 동창과 한자리에 모일 기회를 마련해서 거나하게 취하자 일본 노래에다 일본 군가까지 뽑는데, 그 향수 어린 감개무량한 표정은 차마 못 봐주겠더라는 것이었다.

그 젊은이는 필요에 의해 배운 일본어지만 유창한데, 노인들이 하는 일본말은 오랜만에 쓰는 거라 옆에서 듣기에 얼굴이 화끈해지는 정도건만 어디서나 그걸 써먹지 못해 나서니 정말이지 민망해서 죽겠더라는 것이었다.

창피하더라도 이해해다오. 우리는 자랑할 게 아무것도 없단다. 우리는 삼일운동 세대도 사일구 세대도 아니란다. 우리는 정통 육이오 세대일 뿐.

그동안 너희들이 유창하게 하는 꼬부랑말이 얼마나 부러웠으면 단 하나 할 줄 아는 외국어를 그렇게라도 과시하고 싶었겠느냐. 그렇다고 그분들의 반일 감정이 가짜라고 비웃지 마라. 우리 세대의 운명적인 이중성일 뿐인 것을.

우리는 기꺼이 현재 너희들이 누리는 부의 밑거름이 됐으면서도, 돈의 중요성과 함께 돈의 가치의 부정적인 면을 함께 꿰뚫고 있는 마지막 세대가 아니겠느냐? 그것만은 인정해다오.

아름다운 미수연

근래에 있었던 일 중에 가장 즐거웠던 일은 피천득 선생님의 미수연米壽宴이었다. 때늦게 얻어걸린 감기가 나가지 않아 짜증스러웠었는데 그 잔치에 참석하고 있는 동안 한 번도 그놈의 고약한 감기를 의식하지 못했다. 신기한 일이었다. 아마 그 안의 맑은 기운 때문이었을 것이다. 선생님이 미수니까 거기 참석한 후학들도 젊다고는 할 수 없는 연세들이었다. 이미 정년을 넘긴 제자분들도 적지 않았다. 요샌 손자들도 기를 빼앗길까봐 같이 자기도 꺼린다는 늙은이들한테서 웬 맑은 기운? 하고 비웃을지도 모르나 확실히 그쪽 분위기는 숨통을 억누르는 이 세상의 혼탁한 잡스러움과는 판이한 단순하고도 초연한 무엇인가가 있었다.

선생님은 의자 속으로 가라앉을 듯 조용히 앉아 계셔서 거의 소년처럼 조그맣게 보였는데 그분한테 배운 제자들은 서로 그분의 열정적인 명강의를 기려 마지않았다. 나는 그분한테 직접 배운 바가 없는 게 서운했지만 사람이 저렇게도 늙을 수 있구나 하고 그분의 늙음을 기릴 수 있다는 것만으로도 충분히 즐거웠다.

나이들수록 자신의 말년에 대한 근심은 더해만 간다. 마땅한 본을 보여주는 늙음의 선배가 귀하기 때문일 것이다. 누구는 치매에 걸렸다느니 누구는 노망이 들었다느니 하는 정도가 연로한 친척이나 사회적인 공인들에 관해 들을 수 있는 근황인 것도 서글픈 일이지만 더 참을 수 없는 것은 정정한 노인들의 노추이다. 나이가 들수록 확실해지는 아집, 독선, 물질과 허명과 정력에 대한 지칠 줄 모르는 집착 등은 차라리 치매가 나을 것 같다는 생각이 들 정도로 늙음을 추잡하게 만든다.

그런 것들로부터 훌쩍 벗어난 그분은 연세와 상관없이 소년처럼 무구하고 신선처럼 가벼워 보였다. 그러나 그런 것들로부터 벗어난다는 것이 어디 아무나 할 수 있는 일인가? 그런 비결은 전수받을 수 있는 게 아니라 한 가닥의 청풍처럼 잠시 쐴 수 있을 뿐인 것을.

그분은 말씀도 잘하셨는데 특히 가난하게 살던 얘기는 장내에 폭죽 같은 웃음을 자아냈다. 자녀들을 가난하게 키운 얘기가 그렇게 재미있었던 것은 지난날을 미화시키고 싶은 늙은이들 마음에서만은 아니었을 것이다. 가난 속에서 키운 자녀들 중 하나라도 못됐거나 비뚤어지지 않고 다들 번듯하고 건강하고 번성하기 때문에 왕년의 가난을 그렇게 마음놓고 재미나 할 수 있었던 게 아니었을까.

개인이거나 한 나라이거나 부패로 멸망하면 했지, 가난으로 멸망하지는 않는다. 굶어 죽을 정도의 가난만 아니라면 말이다.

그 재미난 잔치로부터 돌아온 밤 문득 그분의 글을 읽고 싶단 생각이 들었다. 아무 글이나 읽고 싶은 게 아니라 시였었는지 산문이었는지도 생각나지 않는, 회갑을 넘긴 제자들의 방문을 받고 즐거워하시는 글이었다. 아마 유난히 연세 들은 제자들이 많이 참석한 잔치의 여운 때문이었을 것이다. 그러나 늘 가지런하지 못한 내 서재에서 원하는 책은 쉽게 찾아지지 않았다. 원하는 책이 찾아지지 않을 정도로 책이 많다는 것이 갑자기 혐오스러워졌다. 많음이 지겨워지면서 곧 기분 나쁜 감기 기운이 도져서 책 찾기를 포기했다.

작은 서재지만 내가 관리할 수 있는 능력 밖의 책들이라면 너무 많은 것이다. 좋아하고 때때로 즐기는 책만 간직하고 계신 그분의 절도가 부러웠다. 그분이 천진하다고는 하나 소년의 그것과는 달리 의연하고 당당한 것은 당신 주변에 허욕을 조금도 용납하지 않는 명징한 지혜로움 때문일 것이다. 늙음조차도 어떻게 늙느냐에 따라 뒤에 오는 사람에게 그렇게 되고 싶다는 꿈과 희망을 준다. 어느 바닥에나 귀감이 있다는 건 축복이다.

우리나라 정치판, 특히 대통령 자리는 결코 밟으면 안 될 전철만 있지 귀감은 없는 자리건만 때만 되면 하고 싶어하는 사람이 그렇게도 많이 줄을 서는 현상은 어떻게 이해해야 할지 모르겠다. 이미 자신의 분야에서 귀감이 돼온 분도 그 바닥에 한번 발을 들여놓으면 헤어나지 못하는 걸 볼 때마다 그분들에 의해 혹시 달라질 수 있을까 하는 기대보다는 곰삭은 부패의 함정의 엄청난 흡인력을 보는 것 같아 안됐단 생각부터 든다. 아무도 정치에 대한 국민의 이런 싸늘한 냉소를 바로 보지 못하고는 감히 부패의 함정을 뛰어넘을 수 없으리라.

용서하되 잊어버리진 말자

70년대의 일이다. 우리는 전형적인 한옥 동네에 살고 있었는데, 지대가 높아서 조금만 더 올라가면 높은 계단이 나오고 우리는 그 윗동네를 산동네라고 했는데 언제부터인지 산동네에 마이크가 설치되고 아침부터 잘살아보자는 새마을 노래가 터무니없이 큰 소리로 온 동네를 압도했다. 새벽에 그 소리에 잠이 깨면 태양이 아무리 높게 떠도, 햇살이 아무리 눈부시게 쏟아져도 암담한, 살맛이 싹 가실 정도로 암담한 느낌에 사로잡히곤 했다. 잘살아보자는데 왜 그렇게 듣기가 싫었을까. 너무 고압적이고 일방적이고 반복적이고 천박스러웠기 때문이었을 것이다. 너희들이나 실컷 잘살아라, 이런 부아가 저절로 치밀었다.

선거 때였다. 유신 시절엔 대통령도 우리 손으로 뽑지 못했으니까 아마 국회의원이나 통일 주체 국민 회의 대의원 선거였을 것이다. 투표를 안 하는 게 그때 우리처럼 이불 속에서 활개치는 재주밖에 없는 소심한 소시민이 할 수 있는 유일한 반정부 투쟁이었다. 우리는 여덟 식구나 됐는데 막내 빼고는 다 유권자였다. 반장은 아침부터 투표를 한 사람도 빠지지 말라고 성화를 했다. 아무 죄 없는 반장의 성화를 앉아서 견딜 수 있을 것 같지 않아 우리 식구는 각각 외출을 해버렸다. 집엔 고등학생 막내와 노환중인 시어머님만 남았다. 투표 시간이 지나서 귀가해보니 반장의 성화와 위협적인 마이크 소리에 가물가물하는 의식 속에서도 투표를 안 하면 집에 무슨 화가 미칠까봐 잔뜩 겁을 내신 노인이 손자에게 애걸을 하다시피 하여 투표소까지 업혀 가셔서 투표를 하고 오신 뒤였다. 그때의 치 떨리는 분노와 참담한 패배감을 어찌 잊을까.

그 시대가 그렇게 싫었던 것은 잘살아보자는 노래 때문만은 아니었다. 살얼음판 같은 세상이었다. 학생이나 근로자, 말깨나 하는 지식인들이 툭하면 붙들려 들어가 고문을 당하기도 하고 간첩이나 그와 비슷한 불순 세력이 되어 오라를 지거나 징역을 살거나 해직이 되었다. 딸의 고등학교 적 선생님 한 분도 무슨무슨 당 사건에 연루되어 체포되더니 어느 날 같은 죄목의 두 사람과 함께 사형에 처해졌다. 아주 좋은 선생님이어서 믿기지 않았지만, 그 혐의가 사실이라 해도 인간의 목숨인데 어떻게 선고에서 사형이 집행되기까지가 그렇게 신속할 수 있는지 실로 눈 깜짝할 새였다.

김영삼 정권에 실망을 했다고 해서 곧바로 박정희 시대를 그리워하는 말을 들으면, 나처럼 소심한 사람은 가슴이 다 덜컥 내려앉는다. 그후 지금까지 더디지만 그래도 쉬지 않고 발전시켜온 민주화를 세상이 온통 살얼음판 같고 사람 목숨이 파리목숨 같던 절대 권력 시대로 되돌려놓고 싶어하는 소리처럼 들려서이다. 박대통령이 개인적인 치부를 안 했다는 게 그 시대를 그리는 향수의 핵심인가본데, 그때도 정보 계통을 비롯해서 그분의 권력을 확실하게 뒷받침하는 세력들이 얼마나 엄청난 재산을 축적했는지는 왜 잊어버리나.

그 시대를 분기점으로 우리가 비로소 굶주림에서 벗어났다는 공도 인정해야 된다는 소리에는 나도 동감하는 사람이다. 그러나 박대통령이 국립묘지에 묻혀 있고, 그 정권을 보필하기도 하고 아부하기도 한 세력들이 한 번도 척결되거나 도태됨이 없이 지금까지 능력껏 꾸준히 고위 공직에 머물러 있거나 정치 일선에서 뛰고 있으면 됐지 더 어떻게 그 시대를 인정하고 용서하란 말인가.

용서와 망각을 혼동해서는 안 된다. 용서는 하되 잊어버리지는 말자.

충신과 친구

몇 가지 유행어만 남기고 한보 사태도 신속한 마무리 단계로 접어들었다. 유행어 속에 끼지도 못했지만, 충성이니 충신이니 하는 말도, 권력의 핵심과 연관된 혐의가 짙은 부정부패가 터져나올 때마다 신문지상에 단골로 오르내리는 말이다. 복잡다단한 정치권의 계보를 말할 때, 누구는 누구의 충신이란 식으로 분류를 하면, 참모나 측근이라는 말보다는 훨씬 비중 있게 들린다. 모시는 이가 불우했을 때부터 섬기기를 여일하게 해왔을 뿐 아니라 어떤 경우에도 모시는 이가 다치지 않도록 기꺼이 자기가 죄를 다 뒤집어쓸 것이라는 비장한 여운까지 풍긴다.

우리 어렸을 때 흔히 듣던 옛날 자장가는, 나라에는 충신동이, 부모에는 효자동이, 형제간의 우애동이……로 시작됐다. 자장가라기보다는 일종의 덕담이었지만, 촌의 필부가 그지없이 평화로운 마음으로 강보에 싸인 자식에게 그런 자장가를 불러줄 때는 개천에서 용 나는 식의 출세를 바라거나, 난세의 충신 노릇을 기대해서라기보다는, 충절을 인간 덕성의 최고 경지로 여긴 소박한 마음에서였을 것이다.

요새도 우리는 입대한 아들을 면회 가서 "충성" 하고 늠름하게 외치며 올려붙이는 경례를 받으면 뿌듯하고 대견하고, 국민의례 때 태극기 앞에서 가슴에 손을 얹고 국가와 민족에 충성을 다할 것을 맹서할 때는 억지로라도 숙연해진다. 가부장 문화와 군주제를 유지하기 위한 이념으로서의 충성이 민주 사회에서도 이렇게 유효한 것은, 군주 개인의 혈통에게 바치던 헌신과 사랑과 의무를, 정의와 민족과 국가라는 한 단계 높은 곳을 향해 승화시켰기 때문일 것이다.

그런 충성과 충신을 집사나 마름 정도밖에 안 되는 인품에다 함부로 적용하니까 꼴이 말이 아니다. 요샌 아이들도 충신이란 말을 꼬붕이라는 말 대신 쓴다. 너 누구 충신이지? 하면 비굴한 아첨꾼이라는 모욕이 된다. 권력 주변에는 충신도 많고 한 단계 낮은 가신은 또 얼마나 많은지 비리가 있을 때마다 소모해도 소모해도 한이 없는 게 그야말로 깃털처럼 많은 것 같다. 그럼에도 불구하고, 김영삼 대통령이 연두 기자회견을 하거나 중요한 고비에 국민 앞에 나설 때, 아아, 저분 주위엔 사람이 없구나 하는 한탄을 금할 수 없는 건 웬일일까? 누가 표정 관리라도 좀 해줬으면 싶다. 대통령의 표정에서 이 썩을 대로 썩고 꼬일 대로 꼬인 세상에 대한 상황 인식을 전혀 읽을 수 없는 것은 정말로 민망한 일이다. 나는 어떤 부정에도 직접적으로 관련되지 않았으니까 하는 자신감과, 엄벌에 처하라는 말 한마디로 모든 것이 다 잘되리라고 믿는 것 같은 고민 없는 독선적인 태도는 국민감정과의 괴리만 더해줄 뿐이다. 이 나라가 처한 현실에 대해 몰라도 뭘 너무 모르는 것 같은 태도는 결코 대통령이 취할 태도가 아니다. 이 난국에 그까짓 이미지 관리가 무슨 소용이냐 싶을 수도 있겠지만 표정이나 태도는 머리 염색이나 얼굴 메이크업과는 달라서 마음을 읽게 한다. 그가 이미지를 바꿔야 한다는 것은 연기를 하라는 게 아니라 그런 태도를 만들어낸 착각에서 벗어나야 한다는 소리이다.

대통령이 이권이나 차기 권력에 대한 야심 없이 허심탄회하게 세상 이야기를 나눌 수 있고, 민심의 거울에 비친 자신의 모습을 있는 그대로 전해줄 수 있는 단 몇 사람의 친구라도 주위에 두고 있어도 깃털보다 많은 충신들보다 나으련만.

그들은 지금 어디에

전철 안에서였다. 마주보고 앉은 두 노인의 눈길이 심상치 않게 마주쳤다. 칠십이 훨씬 넘었을 것 같은 점잖은 두 노부인은 서로 눈길이 마주치면 얼른 피했다가는 또 빤히 쳐다보길 되풀이했다. 생각날 듯 말 듯한 옛날 얼굴을 떠올리려고 그렇게 애를 쓰는 것 같았다. 마침내 한 노인의 옆자리가 비자 맞은편 노인이 얼른 일어나서 그 자리로 옮겨 앉았다. 그리고 지방의 전통 있는 여고 이름을 대면서 혹시 거기 출신 아니냐고 했다. 그때부터 두 사람은 같은 학교의 몇 기 졸업생인 것까지 같다는 것을 확인하자, 서로 이름까지 정확하게 알아맞혔다. 그때부터 어쩜, 어쩜, 어머머, 어머머 하는 그들의 감탄사는 주위의 시선을 집중시킬 만큼 들뜬 고성으로 변했다.

그들의 첫번째 감탄은 서로 어쩌면 그렇게 안 변했느냐는 거였다. 처음에는 서로 알아보지도 못한 주제에 "너 어쩌면 그렇게 하나도 안 변했냐, 고대로야, 고대로"를 수없이 되풀이했다. 주위의 여학생들이 돌아보며 "저 할머니들, 중학교 때도 저렇게 조글조글했단 소리 아냐?" 하면서 어이없어했다. 그러나 할머니들은 진지했다. 진지할 수밖에. 여학교 졸업하고 만난 일이 없는 할머니들이 서로 알아볼 수 있었던 것은 분명히 안 변한 무엇이 있었기 때문일 것이다. 그건 아마 백발이나 주름살, 검버섯 그것을 은폐하려는 짙은 화장으로도 결코 감춰지지 않는 본질적인 그 무엇이었을 것이다.

내가 소설이나 잡문으로 가장 많이 우려먹은 얘기는 아마 육이오 때의 경험일 것이다. 요새 젊은이들은 아무도 귀기울이려 들지 않고 내가 생각해도 이 흥청망청 잘사는 세상과는 어울리지 않는 궁상맞은 얘기라 될 수 있으면 안 하고 싶었는데 요새 또 자꾸 하고 싶어지는 것은 그 지치지도 않는 반복성 때문이다.

육이오는 누구나 알다시피 일요일에 일어났다. 그때는 군인들도 일요일에는 휴가를 나왔던지 삼팔선 전역에 걸쳐 북괴가 남침을 해왔다는 긴급 뉴스와 함께 휴가중인 국군 장병은 조속히 원대로 복귀하라는 다급한 마이크 소리가 온종일 이어졌다. 불과 삼일 만에 수도 서울을 내줄 정도로 몰리는 전쟁이었으니 시시각각 급박해지는 전황이 가만히 앉아서도 느껴졌다. 하루가 다르게 가까워지는 포성은 바로 미아리고개 너머에서 쏘아대는 것처럼 서울을 위협했고, 남부여대 겁에 질린 피난민들은 멀지도 않은 의정부 쪽에서 그렇게 내려오고 있었다. 그런데도 정부는 수도 서울은 철통같이 지키고 있으니 국민들은 안심하고 생업에 종사하라는 방송을 계속했다. 그러나 이승만 대통령은 끝까지 수도 서울을 사수한다는 거짓말을 방송으로 남기고 남으로 몸을 피했고, 그후 한강 다리는 폭파되었다. 요새 젊은이들은 믿지도 않을 일이나 그때는 한강에 인도교가 하나밖에 없었다.

피난갈 길조차 끊긴 시민들이 서울이 수복될 때까지 겪은 그 치 떨리는 고생을 무엇에 비길까. 유엔군이 참전한 덕으로 석 달 만에 서울이 수복됐고 다시 정부가 돌아왔다. 우리는 정부가 우리를 버리고 도망갔다는 것은 용서하고 말고도 없이 깨끗이 잊고, 신발에 입이라도 맞추고 싶게 감격의 환영을 했다. 그들이라도 후퇴를 할 수 있었으니까 유엔군의 참전을 얻어낼 수 있었으니 얼마나 잘한 일인가 싶기도 했다. 그저 공산 치하를 벗어난 것만 감지덕지였다.

그러나 이 착한 백성들을 정부는 위로는 못할망정 그동안 누가 빨갱이들한테 협조를 했느냐 안 했느냐 그것에만 관심이 있었고, 부역의 혐의만 걸 수 있으면 무자비한 보복을 감행했다. 석 달 동안을 햇빛 한번 못 보고 숨어살았다 해도 단지 서울에 남아 있었다는 죄 하나로 잔류파라는 명목으로 그들 도강파와 차별 대우를 받았다. 도강파 잔류파까지 가려서 차별했으니 단지 살아남기 위해 그들에게 협조하는 시늉을 하던 소위 부역자가 당한 고초를 어찌 다 필설로 표현하겠는가.

이승만 정부는 그런 정부였다. 국민에게 진실을 알 권리를 인정하지 않았다. 국민 위에 저만치 군림해서 국민들도 그들과 똑같은 존엄성을 가진 인간이라는 걸 인정하지 않았다. 육이오 때 당한 생각을 하면 국민을 소모품 정도로밖에 여기지 않았나 싶다.

내 생애에서 가장 기쁘고 감동스러웠던 일이 사일구인 것도 이대통령의 절대 권력과 오만에 대한 증오와 원한 때문이었을 것이다. 그러나 사일구 때는 학생과 민중과 함께 이대통령까지도 장엄미와 비장미의 극치였다. 노老대통령이 무릎 꿇은 것은 정적이 아니라 민주주의에 대해서였고 무릎 꿇어 마땅한 최후의 순간을 놓치지 않았기 때문이다.

끝끝내 국가적인 경제 파탄을 은폐하려고만 한 정부는 반세기 전의 이승만 정부와 무엇이 다른가. IMF의 구제금융을 요청하기 전날까지도 우리 경제가 그렇지 않다고 큰소리친 정부의 태평한 목소리를 생각하면 분노보다는 차라리 참담한 치욕감에 사로잡힌다. 은폐의 주역들은 지금 우리와 더불어 고난의 현장에 있을까? 아니면 강 건너 안전한 피안에 있나 그것도 궁금하고.

소를 잃어도 외양간은 고쳐야

거의 이십 년 전 일이다. 우편물 중에 『우리들』이라는 초등학교 학급 문집이 들어 있었다. 갱지에다 등사판으로 밀어서 수작업으로 묶은 초라함 때문에 눈에 띄는 그 문집에는 그것을 편집한 담임 선생님의 간단한 편지가 들어 있었는데 구슬처럼 쪽 고르고 영롱한 필치였고, 문집의 필체하고 같았다. 꽤 두꺼운 문집을 선생님 혼자 힘으로 작업했다는 걸 알 수가 있었다. 별난 열정을 가진 분도 다 있다 싶은 일종의 호기심 때문에 띄엄띄엄 훑어보다가 어느 틈에 마음을 가다듬고 처음부터 읽지 않을 수가 없었다.

때는 바야흐로 유신 말기의 암담한 시절이었다. 아이들은 "우리는 민족중흥의 역사적 사명을 띠고 이 땅에 태어났다"

를 달달달 외우지 않으면 안 되었고, 중고등학생도 가슴에다 만날 무슨 표어라도 달고 다니지 않으면 안 되었다. 전체주의 사회란 무엇을 하는 것보다는 겉으로 나타내 하는 척하는 게 더 중요했고 그중 가장 효과적으로 하는 척하는 방법이 표어를 여기저기 써붙이거나 달고 다니는 일이었고, 그게 제일 심한 데가 초등교육의 현장이었다.

몇 마디의 목청 높은 폭압적인 구호가 일사불란하게 한 가지 목표를 향해 온 국민을 몰고 가려는 사회에서 가장 억압받고 위축되는 것은 말할 것도 없이 창조적인 정신이다. 창조적인 작업은 떡잎부터 자를 기세로 어린이들의 노래나 그림, 글짓기까지 새마을정신이 획일화시키고 있을 때였다.

국가적 시책의 입김을 가장 민감하게 받는 공립의 초등교육기관에서 어쩌자고 이 선생님은 아이들이 자유롭게 생각하고 겁없이 말하라고 과감하게 부추기고 있었다. 그 문집은 아이들이 글짓기 시간에 일부러 쓴 글뿐 아니라 저희끼리 주고받은 편지, 선생님한테 쓴 편지, 일기, 독후감 심지어는 그 시대에 한창 인기 있던 텔레비전 연속극을 아이들 나름의 눈으로 비판도 하고 재미나 하기도 한 글까지 온갖 글들이 실려 있고 그 글들은 하나같이 당시의 경직된 규범을 벗어나 눈치 보지 않는 정직성과 자유로운 상상력으로 살아 있는 글들이었다.

나는 마치 멍청한 군중 속에서 임금님은 벌거숭이라고 외치며 깔깔대는 어린이를 만난 것 같은 신선한 충격을 맛보았다. 어떻게 그 반 아이들에겐 그런 놀라운 일이 가능했는지, 그건 아이들의 글 사이사이에 최소한도로 그러나 적절하게 끼어든 선생님의 글을 보면 알 수 있었다. 선생님의 글은 아이들의 고민에 대한 적절한 답, 기발한 생각에 대한 맞장구, 틀린 생각에 대한 익살스러운 핀잔 등 다양했지만 일관되게 흐르는 건, 위선적인 글짓기에 길들여진 고정관념으로부터 아이들을 자유롭게 해주려는 섬세하고도 진지한 노력이었다.

그는 물론 공립학교 선생이니까 몇 년마다 학교를 옮겨다녀야 했고, 한 학교에서도 매년 담임 맡은 반이 바뀌었다. 그러나 그가 내는 문집의 이름은 어느 학교 어느 반에서고 한결같이 『우리들』이었고 한 해도 거르는 일이 없었다. 『우리들』을 매개로 맺어진 그와 나의 우정은 이십 년 가까이나 되는 동안 우리 가족에까지 이어져, 우리 아이들 모두가 존경하고 따르고 어려운 일을 의논하는 선배 겸, 가장 영향을 많이 받은 선생님이 되었다.

그 좋은 선생님, 한청희 선생님의 이름이 괌에서 희생된 KAL기 참사자 명단에 끼어 있었다. 그가 흔적도 없이 사라졌다는 걸 나는 지금도 믿을 수가 없다. 육신이 아무리 빈껍데기라 해도 왜 시체 정도는 남겨야 하는지도 알 것 같다. 최초의 경악과 비통은 가라앉았지만 문득 그를 떠올리면 그 빈자리가 너무 큰 데 놀라지 않을 수가 없다. 이런 심정은 물론 우리 가족뿐만이 아닐 것이다. 사회 각계에서 활약하고 있는 그의 제자들이 장례식에서 얼마나 비통하게 울부짖었는지 평생 결혼도 안 해서 자식이 없는 걸 늘 안쓰러워하던 그의 동기간들도 놀라고 한편 흐뭇해했다고 한다.

한 사람의 목숨의 무게는 이렇게 크다. 그가 제대로 살았고, 할일을 많이 남겨놓았을 때는 더하며, 살아남은 사람을 휘청거리게 한다.

이번 KAL기 참사를 놓고 한미 양국이 벌이는 진상 규명은 국력을 건 줄다리기를 연상시켰다. 국력을 건 일이기에 누구 책임인가가 밝혀지기보다는 힘센 자가 이길지도 모른다는 걱정까지 하게 된다. 그래도 우리 쪽 과실이 아닌 걸로 밝혀지길 바라는 것도 팔이 안으로 굽는 것과 같은 이치이다. 그러나 모든 대형 사고가 그렇듯이 이번 사고도 어느 쪽의 일방적인 과실이라기보다는 쌍방의 복합적인 과실일 가능성이 높다. 대외적으로는 우리 잘못이 없는 것으로 되더라도 우리끼리는 우리 쪽 책임에 대해 묻고, 구체적인 과실이 털끝만하더라도 다시는 되풀이되지 않도록 추궁하고 감시해야 하지 않을까.

우리는 '소 잃고 외양간 고치랴?'에 동의해선 안 된다. 그건 나쁜 속담이다.

소를 잃어도 외양간은 고쳐야 한다. 더군다나 우리는 소가 아니라, 사람이다.

지금 우리의 심정

겨울이면 길 가다가 일없이 꽃가게에 들어가길 잘한다. 특히 수증기가 땀처럼 흘러내리는 유리창을 통해 양란이 현란하게 핀 꽃가게 앞은 그냥 지나치지를 못한다. 난이 뿌리박고 있는 화분 안에는 흙이 아니라 콩알이나 나무껍질처럼 생긴 인공 토양이 들어 있다. 신비감이 제거된 인공 물질에서 그렇게 눈부신 색채를 길어올릴 수 있다는 게 도무지 믿어지지 않는다.

꽃가게 주인만이 알고 있는 비결이 있을 것만 같다. 나는 그 비결에서 어떤 속임수의 낌새를 채려는 건지도 모르겠다.

나의 이런 불온한 탐색은 번번이 허탕을 친다. 꽃을 피게 하는 무슨 묘약이나 특별한 비료가 있는 것은 아니라고 그들은 시큰둥하게 말한다. 양란은 원산지가 열대나 아열대니까 섭씨 이십 도를 전후한 온도와 적당한 햇빛과 습도를 유지해 줄 것과, 절대로 물을 많이 주지 말 것이 비결이라면 비결이란다. 모든 것이 적당하다는 것은 알맞다는 것일 텐데 그 알맞은 적정량이라는 게 나에게는 너무 어렵다. 박빙의 차이, 미묘한 경계선 그런 개념에 나는 지레 겁을 먹고 만다. 어려워할 건 없다고, 사랑만 있으면 식물이 원하는 걸 느낄 수 있고, 식물이 원하는 만큼이 곧 적정량이라고 말하는 화원 주인도 있다.

그런 사람의 표정에서 나는 나의 사랑 부족을 들켜버린 것처럼 느끼기까지 한다. 사실 나는 속으로 그까짓 양란에게 뭘 사랑씩이나 하는 마음이 있기 때문이다.

양란의 그 화려무비한 색채와 자태에 매혹돼 있으면서도 그 매혹에는 기름진 산해진미에 대한 입맛처럼 식상이 예비돼 있다. 난은 뭐니뭐니해도 춘란이니 풍란이니 건란이니 하는 풍류스러운 이름이 붙은 우리의 토종란이라야 한다는 생각이 내 안에는 깊게 깔려 있는 듯하다. 그러나 그것도 토종란의 자태나 향기에 대한 나름의 심미안이 있어서가 아니라 난을 유난히 편애한 선인들의 서화가 미리 머릿속에 입력되어 있기 때문일 터이다.

양란과 동양란은 식물학적으로 어떤 공통점이 있는지는 몰라도 겉보기로는 왜 난蘭 자가 돌림인지 이해가 안 될 정도로 생판 다르다. 양란은 꽃의 모양과 빛깔이 요염 화려한 데 비하여 동양란은 꽃의 자태는 지나칠 정도로 조촐하지만 향기가 방열한 모양이다. 실상 이 방열하다는 표현도 선인들의 글에서 취한 것일 뿐 내가 직접 코로 맡아보고 느낀 건 아니다. 동양란의 꽃을 못 본 것도 아니고, 집에서 몇 번 피워본 일까지 있지만, 내 코끝에 와닿는 향은 있는 둥 마는 둥 미미했다.

나는 그 얘기를 화원 주인한테 하고 되게 무안을 당한 적이 있다. 사람의 코 중에는 난의 향기를 맡을 수 있는 코가 있고, 전혀 못 맡는 코가 있다는 것이었다. 생전 처음 들어보는 코의 이분법이었다. 난의 향기도 못 맡는 저급한 코를 가진 주제에 감히 난 사랑으로 유명한 가람 이병기 선생의 "그 푸른 잎을 보고 방열한 향을 맡을 순간엔, 문득 환희의 별유세계에 들어 무아 무상의 경지에 도달하기도 한다"라고 술회한 경지를 어찌 꿈이나 꿀 것인가. 그러나 글을 통해 가람 선생의 난을 키우고 꽃을 보기까지의 극진한 애정과 정성을 보면, 요새 대량 생산되는 난과 선생이 애지중지 키운 난은 종류가 다른 게 아니었을까 싶기도 하다.

선비들끼리 혼자 보기 아까워 뿌리를 나누고 애지중지할 때하고는 달리 대량생산을 한다고 해도, 역시 난은 양란이건 동양란이건 화원에서는 가장 귀족에 속한다. 값이 가장 비싼 걸로 말이다. 양란은 그 값이 안 아깝게 화려하기라도 하지 동양란은 그렇지도 않은데 비싼 걸 보면, 사람들의 코가 발달해서라기보다는 난 취미에 따르는 청빈, 탈속 등의 이미지가 선물이 까딱하다간 뇌물로 보이기 십상인 풍토에서 가장 무난한 선물로 수요가 많기 때문이 아닐까.

새로 임명된 고위 공직자나 당선된 국회의원 등 화려하게 정계나 관계에 등장한 인사들의 집무실이나 사저를 텔레비전에서 비춰줄 적이 있는데 거의가 다 난 화분으로 병풍을 두르고 앉아 인터뷰를 하는 걸 볼 수 있다. 사면을 받고 집으로 돌아오는 전직 대통령의 사저도 당사자보다 한발 앞서 줄줄이 난 화분이 들이닥치는 걸 화면을 보고 알았다.

그래도 난 사랑이 아취雅趣일까? "나는 어느 집에 가 그 난을 보면 그 주인이 어떤 사람인가를 알겠다. 고서도 없고 난도 없이 되잖은 서화나 붙여논 방은, 비록 화려 광활하다 하더라도 그건 한 요릿집에 불과하다. 두실와옥이라도 고서 몇 권, 난 두어 분, 그리고 그 사이 술이나 한 병을 두었다면, 삼공을 바꾸지 않을 것 아닌가. 빵은 육체나 기를 따름이지만

난은 정신을 기르지 않는가!"

이렇게 술회하신 가람 선생의 난과 삼공의 반열에 오르기가 무섭게 병풍을 두르게 되는 난하고 어떻게 같은 난이라고 할 수 있겠는가. 선생의 난한테보다 선생의 글의 격조 보기 민망해서라도 그리는 못하겠다.

가람 선생의 난만은 못해도, 출셋길에 으레 앞장서는 난보다는 한결 소박하고 은근한 난은 나 같은 사람도 가끔 후배나 친구들한테 받게 되는 따뜻한 우정의 난이 아닌가 싶다. 주책인지 복인지는 모르지만, 상을 받은 적이 여러 번 있었고 생일을 기억해주는 후배도 더러 있고 해서 최근 십여 년 사이에 그럭저럭 모인 난 화분이 삼십여 개나 된다.

그러나 문자 그대로 화분만 남아 있고 잎이라도 살아 있는 것은 열 분 정도인데, 그것도 잎이 뜨고 비리비리한 게 겨우 연명이나 하고 있다 해야 할 것이다. 그나마도 남아 있는 건 다 동양란이고, 양란은 두어 분밖에 없다. 꽃은 고사하고 살아 있게 하는 것만도 양란이 동양란보다 훨씬 더 까다롭다.

내가 양란이 잘 핀 꽃가게 앞을 그냥 지나치지 못하는 것도 그런 까닭이다. 어떻게든지 내 손으로 한번 꽃을 피워보고 싶은데 그게 잘 안 되니까 내가 뭘 잘못했는지만이라도 알아내고 싶어서이다.

지난가을이었다. 벌써 몇 해째 베란다 한구석에서 잊힌 채 겨우 연명만 하고 있던 양란에서 기적처럼 꽃대가 올라오는 것이었다. 날은 조금씩 추워지는데 어쩔 것인가. 나는 그의 고향이 열대건 아열대건 상관 말고 그냥 내버려두기로 했다. 처음 우리집에 올 때는 한꺼번에 다섯 대나 올라온 꽃대에서 노을빛 꽃이 흐드러지게 피어 어우러진 게 장관이더니, 겨우 한 대 올라오는 꽃대도 꽃 구실을 할 성싶지 않게 심푸냥스러워 보였다.

그러나 시월 말에 피기 시작한 꽃이 찬 기온 때문인지 느릿느릿 피어 지금까지 무려 석 달 동안이나 시들지를 않고 있다. 올겨울에는 비교적 영하의 날씨가 적었지만 그래도 기온이 뚝 떨어진 날 밤이면 그곳에서 혼자 피어 있을 연한 꽃잎이 걱정이 되어 몇 번씩 베란다를 들락거리곤 했다. 번쩍 들어서 안으로 들여놓고 싶다가도 이왕 적응이 된 거 견디는 데까지 견디게 해보자는 쪽으로 마음을 모질게 먹곤 했다. 꽃대가 올라오는 동양란을 안으로 들여놓고 가습기를 켜놓는 등 특별 대우 했다가 꽃대가 말라비틀어지는 걸 본 경험 때문이었다.

그곳에서 장장 석 달 동안이나 피어 있다가 이제 서서히 시들어가는 양란한테 나는 가끔 말을 시킨다. "느네 고향 아열대, 맞니?" 하고.

이런 나를 방학 때 와 있던 손자들이 잔혹하다고 비난했다. 베란다에서 아열대산 식물이 살아남을 수 있는 것은 베란다가 영하로 떨어지지는 않기 때문이다.

아파트로 이사오기 전 한옥에 살 때는 지금보다 겨울이 훨씬 춥기도 했지만 방안에서도 윗목에 놓아둔 걸레가 얼 적이 흔했다. 떠놓은 물에 살얼음이 지기도 했다. 아파트 베란다보다 훨씬 더 추운 데서 잤다는 얘기가 된다. 그런 얘기를 하면 어떤 이들은 안 믿기도 하고 어떻게 그렇게 가난하게 살았느냐고 동정을 하기도 한다. 그러나 그때도 우리는 그렇게 못사는 집이 아니었다. 그때 수준으로 중상위권에 드는 생활수준인데도 그랬다. 연탄 때고 사는 한옥이 아랫목만 짤짤 끓고 웃풍이 셌다. 그런 얘기를 하면 아이들은 이 할미가 무슨 못 살 지옥을 통과하고 온 것처럼 신기해하지만 그때도 사는 재미는 충분히 있었다. 오히려 지금보다 사는 재미가 훨씬 더 진했다.

비록 방에 웃풍은 세도 포대기를 깔아놓은 아랫목은 장판지가 검게 변할 만큼 따끈따끈했고, 입에서 시루떡 같은 입김을 내뿜으며 학교 갔다 온 아이들은 곧장 안방으로 들어와 포대기 밑에 발을 집어넣었다. 온 가족이 아랫목에 발을 넣고 서로 몸을 부비며 따뜻한 군고구마라도 먹는 재미가 얼마나 좋은지, 한겨울에도 발 벗고 살면서 냉장고 문이나 수없이 여는 요새 아이들은 아마 모를 것이다. 그때 아이들은 요새 아이들처럼 늘쩍지근하지 않고 참으로 씩씩했다. 자식이 공부 잘하기를 바라는 것은 그때나 이때나 비슷하지만 빗나갈 걱정 같은 건 안 했고, 비만 걱정도 안 했다. 포대기 밑에서 체온을 나누며, 군고구마 먹는 내 새끼가 어떻게 빗나갈 수가 있으며 배가 나올 수 있단 말인가.

행복은 성적순이 아니란 말도 있지만 행복은 국민소득순도 아니다. 경제가 곤두박질을 치고 그 으스대던 만 달러 시대가 졸지에 오천 달러로 줄었다고 지레 불행감에 사로잡힐 필요는 없다. 흥청망청 쓰는 것보다 알뜰살뜰 쓰는 게 훨씬 더 살맛이 난다. 돌이켜보면 우리는 가난했을 때 오히려 더 품위 있게 살았다. 가난 때문에 자존심이 상하는 일이 없었으니까. 형이나 언니가 다니는 학교에 아우가 들어가 그 교복을 물려 입는 것은 아우가 으스댈 만한 것이었지 결코 기죽을 일이 아니었다. 만약 형의 학교가 명문교일 때 부모는 아우에게 공부 잘하란 소리보다 형 교복 물려 입게 그 학교 가야 한다고 압력을 가하는 건 보통이었다.

요새는 어떻게 된 게 자식 기죽이지 않는 게 뭐든지 일류로, 고급으로, 새것으로 해주는 것인 줄 아는데 진짜로 기가 산 아이는 싸구려나 헌옷 입고도 전혀 신경 안 쓰고 늠름할 수 있는 아이여야 되지 않을까. 입은 옷이나 가진 물건에서 오는 잘난 척은 결코 기氣가 아니다. 기는 좋은 기건 나쁜 기건 사람의 중심부에서 우러나는 것이지 소유로 은폐하거나 부풀릴 수 있는 게 아니다. 조금 잘살게 됐다고 쉽게 가진 것으로 자식들 기를 살리려 했다가 도리어 기죽은 아이, 비겁한 아이로 키운 게 아닐는지, 만 달러 시대에 우리가 가장 잘못한 것 중의 하나가 아닌가 싶다.

졸지에 어떻게 이렇게 될 수가 있느냐고 황당해하지만 이게 과연 졸지에 일어난 일일까. 우리처럼 어려운 시대를 살아온 사람은 실상 늘 조마조마했었다. 그리고 소외감도 많이 느꼈다. 가난했던 시절의 경험에 비추어 젊은이들의 방만한 씀씀이를 나무라거나 걱정하면 궁상맞은 노인 취급이나 당하기 십상이어서 그저 입 다물고 사는 게 수였으니 말이다. 아들, 며느리, 손자 들하고 다복하게 사는 내 친구 하나는 요새 나한테 귓속말로 "야아, 아이엠에프 시댄가, 뭔가, 난 좀 고소하더라, 고 쌤통이지 뭐냐" 해서 한바탕 웃은 적이 있다. 그렇게 노골적으로까지는 아니더라도 그런 생각은 거의 우리 세대 공통의 정서가 아닌가 싶다.

우리 세대는 남보다 덜 자고 덜 먹고 열심히 일해서 마침내 가난에서 벗어날 수 있는 기초를 닦은 세대다. 돈이 좀 모이자 여봐란듯이 잘사는 티를 좀 내고 싶어했고, 자식들에게도 얘들아, 우리도 잘산다는 김 아무개, 이 아무개네만 못할 것도 없단다. 너도 이제부터 어깨 펴고 살아라 하고 좀 으스댔다고 치자. 그후 계속해서 그 집안엔 먹자판 놀자판이 벌어졌다. 구경이란 구경은 다 쫓아다니고, 밥상에선 먹는 것보다 버리는 것이 더 많고 한참 일할 나이의 자식도 힘든 일은 외면하고 옷 잘 입은 손님 앞에서 재롱부리기만 좋아하여 문전옥답도 갈아엎어 놀이터 만들고, 뒷마당은 흥청망청 쓰고 남은 쓰레기장을 만들어버린다면, 그 집안을 일군 늙은이 심정이 어떠하겠는가. 요즘 IMF시대를 보는 우리 세대의 심정이 그와 비슷한 것이 아닌가 싶다.

내 이럴 줄 알았지, 하고 고소해하는 마음이 다소 있다고 해도 그게 어찌 우리가 이대로 주저앉기를 바라는 마음이겠는가. 그래서 할말은 해야겠는데 그 고통 분담이라는 말 말이다. 듣기는 그럴듯해도 실속이 없는 것 같다. 있는 사람까지 없어서 못 쓰는 사람 흉내를 내면서 발발 떠는 게 고통 분담이 되는 건 아닐 것이다. 아직 일정한 수입이 있거나 높은 이자로 이득을 보는 층은 위축되지 말고 건전한 소비생활을 유지하는 게 고통 분담이 되지 않을까.

값이 오르기 전에 라면 몇 봉지, 우유 한 통이라도 더 사두는 일은 어려운 사람 몫으로 남겨놓고 있는 사람은 오른 후에사 쓰는 마음가짐이 바로 고통 분담이다. 너도나도 안 쓰기만 한다는 건 연쇄 부도를 촉진시키는 일밖에 안 된다. 기업체도 백화점도 우리의 적이 아니라 바로 고용을 창출하는 고장이다. 경제라는 피돌기가 멈추지 않도록 활력을 공급하는 일이야말로 돈 있는 사람이 할 수 있는 고통 분담이다. 여태껏 나쁜 본만 보여온 가진 사람들이 이제부터라도 건전하고 규모 있는 소비생활로 이 어려운 시기에 뭔가를 이바지했으면 좋겠다.

넉넉해지기

아주 오래전에 쓴 토막글들을 보관해둔 봉투를 최근에 우연히 발견하게 됐다. 컴퓨터를 쓰게 되고부터 볼만한 글이건 없애도 무방한 글이건 기계 속에 저장이 돼 있겠거니 믿는 마음 때문에 활자화된 내 글을 모아두는 버릇이 없어지고 말았지만, 그전에는 내 이름이 들어간 글은 꽤 꼼꼼히 챙겼나보다. 거의 수필집 같은 것으로 묶어내고 남은 토막글들이었는데 간단한 설문조사에 응한 것까지 포함돼 있었다.

그중에는 갈색으로 변한 신문지에 우리말 중에서 내가 가장 좋아하는 단어를 한두 가지 대보라는 질문이 있고, 내가 대답한 글이 있었는데 나는 '넉넉하다'는 우리말을 가장 좋아한다고 답하고 그 이유를 간략하게 설명하고 있었다. 분명히 내가 한 말인 걸로 돼 있었지만 그런 말을 한 적이 있는지 잘 생각이 안 났고, 내가 그렇게 쓴 건지, 전화로 대답한 걸 기자가 받아쓴 것인지도 생각나지 않았다. 그러나 읽어보니 내가 썼건 남이 썼건 그건 나 아니면 못 쓸 글이었다. 우리 어머니 얘기였기 때문이다.

우리 식구뿐 아니라 우리 민족이 다 같이 극심한 가난을 겪던 육이오동란으로부터 휴전이 되기까지의 시기. 우리집엔 군식구가 끊길 날이 없었다. 우린 개성이 고향인데 그곳은 육이오 전에는 삼팔 이남이었다가 휴전 후 이북이 된 고장이다. 우리집은 전쟁 전부터 서울에 자리잡고 살았기 때문에 전쟁 때 피난을 왔다가 못 돌아간 동향의 친척이나 친지들이 연락처로 이용하기도 하고 하룻밤 묵어가거나 한 끼 때우려고 들르는 일도 많았다. 우리는 피난민만 아니다뿐, 전쟁통에 가장을 잃고 여자들과 아이들만 남아, 매끼 끼니를 걱정해야 하는 처지에 군식구가 달가울 리가 없었다.

그러나 어머니는 누구에게나 밥을 먹여 보내고 싶어했고, 날이 저물면 자고 가라고 붙들었다. 그때마다 어머니는 손님이 미안해할까봐 우리는 아직 식량이 넉넉하다는 말을 되풀이했다. 넉넉한 척하는 어머니 때문에 올케하고 나는 뒤주 바닥을 박박 긁을 수도 없었다. 물론 내남직없이 손님을 격식

차려 대접할 수 있는 시대가 아니었다. 끼니때 온 손님이면 밥상에 숟가락 하나를 더 놓는 정도의 대접이었지만 밥풀 한 알도 귀할 때는 큰 부담이 되었다. 올케하고 나하고는 밥상에서 배부른 척 물러나 부엌에서 멀건 김칫국에다 수제비를 떠서 끼니를 때워야 할 적도 한두 번이 아니었다. 넉넉한 거라곤 어머니의 마음뿐 모든 것이 극도로 모자랄 때였다.

그러나 그렇게 다 같이 어려울 때 마음이라도 넉넉하지 않았으면 그 극빈한 50년대를 어찌 넘겼을 것인가. 십시일반의 나눔은 비단 우리 어머니만의 미덕이 아니라 없는 사람끼리의 최소한의 도리였고 전쟁중에 우리가 살아남을 수 있는 원동력이었다. 꼭 가랑잎만한 낡은 신문지 쪽엔 그런 심정으로 어머니와 넉넉하다는 말을 기리는 심정이 고스란히 남아 있어 나는 혼자서 감격을 하고 말았다. 하지만 요즘처럼 우리 경제가 어려울 때가 아니었으면 무심히 보아 넘기고 나서 딴 조각 글들과 함께 없애버렸지, 감격씩이나 할 것은 없었을 것이다.

아직 본격적인 어려움이 시작이 안 돼서 그런지는 모르지만 지금 우리가 당면한 어려움은 50년대의 빈곤과는 댈 것도 아니다. 만약 본격적인 어려움이 닥치더라도 배고픈 설움이 다시 있어야 되겠는가. 마음만 먹으면 일 년 안에 다시 일어날 수 있는 저력이 있다고들 다들 자신하는데, 우리의 진정한 저력은 바로 어려울 때일수록 더 넉넉해지는 마음이 아닐까.

넉넉한 마음은 돈 좀 있다고 흥청망청 쓰는 허세나 낭비벽하고는 다르다. 어려울 때 더불어 살아남을 수 있는 지혜요 배려이다. 허리띠를 졸라매고 안 쓰는 것만이 능사는 아니다. 지금 우리가 두려워하는 것은 실직이지 배고픔은 아니다. 배고픈 사람에게 밥을 나누는 게 도리지만 실직한 사람에게는 일자리를 주는 게 도리이다. 너도나도 다 안 쓰고 허리띠를 졸라매면 점점 일자리가 준다. 아직은 떨려난 사람보다는 안 떨려난 사람이 훨씬 많고, 대폭 인상된 금리로 예금 생활자들도 예기치 않은 이득을 보고 있다. 이런 이들이 덩달아 죽는 소리를 하며 덮어놓고 안 쓴다면 그건 절약이 아니라 인색이 되고, 점점 일자리를 줄어들게 만든다. 월급이 줄어들면 줄어든 대로 한 사람당 만 원짜리로 하던 외식은 오천 원짜리 실속 있는 외식으로 바꾸더라도, 외식도 사는 즐거움 중의 하나였다면 아주 그만두지 말고 계속할 일이다. 친척이나 친지의 자식이 대학에 붙었다면 선물도 할 일이다. 되도록 외제 사치품은 피해 건실한 국산 제품으로 말이다.

최대한으로 윤택하고 넉넉한 경제생활을 유지해야 경제가 돌아가지 안 쓰는 것만 수로 알다가는 해직을 당할 염려가 없는 장사꾼까지 다 망하고 실직은 더욱 늘어나게 된다. 수입이 있는 사람의 건전한 소비생활도 경제를 살리는 길이다. 대량 해고자들이 당장 갈 길은 소규모의 장사나 제조업이라고 생각할 때, 고정 수입이 있는 사람들의 씀씀이가 너무 위축되지 않고 건실하고 넉넉해지는 것도 직접적인 나눔 못지않게 중요하다고 생각한다. 결국 넉넉한 마음이 고통도 분담하게 돼 있다.

수의 유감

좋은 계절이다. 올핸 윤8월이 들어 여름이 길 거라고들 해서 미리 겁을 내고 있었더니만 예년과 다름없이 처서가 지나자 더위는 한풀 꺾이고 일교차 심한 9월, 상쾌한 10월을 맞았다. 지나놓고 생각해보니 여름이 길려면 윤6월이 들어야 말이 되는데 왜 윤8월을 그렇게 갖다붙였을까? 음력으로 윤 자가 들어가는 달은 안 좋은 쪽으로 갖다붙여 버릇한 인습의 영향이 아닐까 싶다. 윤달은 예로부터 하지 말라는 게 많은 달이다.

그러나 예전에도 윤달에 아기를 낳으면 생일을 제날 못 찾아 먹겠군, 하는 정도로 가볍게 섭섭해했지 아기에게 해로울지도 모른다는 식의 사위스러운 생각은 아무도 하지 않았다.

그러나 아이 생일을 거의 양력으로 해주게 된 오늘날에 도리어 윤달에는 아이를 안 낳으려고 계획을 세우는 주부까지 상당수 있다고 한다. 내 아이에게는 최고의 것, 완벽한 것을 줘야 한다는 요즈음 엄마들의 생각이 생일도 완전한 두 개의 생일을 주고 싶다는 데까지 미쳤다면 참 안됐다. 일 년 중 가장 풍요하고, 밝고, 상쾌하여 가장 살맛나는 달, 우리 시조 단군이 태어나시고 개국하신 이 좋은 달이 단지 음력으로 윤달이 끼었다는 이유 하나만으로 아이도 못 낳을 달이 되었으니 말이다.

그러나 젊은 엄마 나무래 무엇하랴. 엊그저께는 나와 비슷한 연배들이 만나 흉허물 없는 얘기를 하다 말고, 계절 탓도 있었겠지만 어떻게 죽는 게 가장 좋을까 하는 약간은 울적한 얘기를 하게 됐다. 친구 하나가 느닷없이 참 윤달 든 해에 수의를 준비해야지 하고 서둘렀다. 워낙 격식을 차리는 데 빈틈이 없고, 또 효성도 지극해서 시댁 친정 동기간을 규합해 양가 부모 수의를 미리미리 마련해놓았다가 옛날 격식을 최대한 되살려 장례를 치른 것을 알고 있는 우리들은 그가 또다시 수의 타령을 하자 어디 감춰놓은 서모라도 생존해 계신가 했다. 그러나 듣고 보니 그게 아니라 이제 슬슬 우리 자신의 수의를 마련해놔야지 않겠느냐는 거였다.

내가 놀란 것은 올해는 좀 이르지만 이다음에 돌아오는 윤달엔 생각해봐야지 않겠느냐는 친구들 모두의 긍정적인 반응이었다. 내 수의라니, 섬뜩하고 생급스러웠다. 나라고 안 죽을 것 같아서 그런 준비성이 생급스러웠던 게 아니라, 수의는 생전에 미리 장만하든, 사후에 부랴부랴 장만하든지 간에 자식이 부모를 위해 장만하는 것이지 본인이 나 입자고 장만하는 건 아니라고 알고 있기 때문이다. 자식이 효도 삼아 미리 장만한다고 해도 살아 계신 부모에게는 암만해도 죄송스러워, "수의를 미리 지어놓으면 오래오래 사신답니다"라고 위로하며 될 수 있으면 축제 분위기 속에서 그것을 짓는 것으로 알고 있다. 격식이 지엄하고 물자가 귀하여 준비 없이 장례 치르기가 겁나던 시절, 수의를 미리 장만해놓는다는 것은 자식의 도리로도 한시름 크게 더는 일이었을 것이다.

그러나 수의 장만하는 것쯤 그렇게 큰 부담이 안 될 것이 분명한 자식을 둔 부모가 나 입자고 수의를 장만하고자 하는 뜻 역시 갸륵하고도 넘치는 자식 효도에 근거하고 있었다. 졸지에 일을 당하여 너무 당황할까봐, 장의사한테 바가지 쓸까봐 염려스러워서, 부모 수의 잘해드려 정성껏 전송하고 난 지 불과 몇 해 만에 스스로 수의를 장만하여 자식의 시름을 덜려는 우리 세대의 못 말리는 아래위 효도는 아름답다기보다는 지겨웠다.

우리가 자식을 뱃속에 넣고 이 세상에 오기를 기다릴 때, 얼마나 설레는 마음, 찬란한 기쁨, 경건한 기도로 아이의 배내옷을 꿰맸던가. 이 세상에 온 후엔 또 얼마나 기쁘게 맞았으며, 좋은 것을 먹이고 편하고 예쁜 옷을 입히기 위해 얼마나 힘든 줄 모르고 일했던가? 그렇게 기른 자식한테 이 세상 하직할 때 옷 한 벌 못 얻어 입을 건 또 뭐란 말인가. 요새 자식들이 효도할 줄 모른다는 건 거의 상식처럼 돼버렸지만, 우리가 요구하지 않으니까 못 받는 거나 아닌지 모르겠다. 좀 치사한 비유인지도 모르지만 울지 않는 아이 젖 주랴는 말은 자식이 부모한테도 할 수 있는 생각이 아닐까.

그저 공부만 잘해라 그게 효도다 하고 기르다가, 그저 너 하나만 잘되면 그게 효도다 하다가 그저 너희만 잘살아라, 부모 신세 안 지는 것만도 효도다, 그렇게 키워놓고 보니 도무지 받을 줄만 알지 줄 줄을 모르는 자식들을 만들어버리고 말았다. 그 벌로 자식한테 옷 한 벌 못 얻어 입고 떠날 채비를 해야 되는가. 우리 또래의 노인이 얼마나 잘났는지는 모르지만 그 모양이 쓸쓸하다.

말이 먼절까? 병이 먼절까?

요새처럼 의료 정보나 의료 혜택이 골고루 미치지 못했을 때 대부분의 노인들의 사망 원인은 노환이었다. 그러나 아무리 고령에 병이 나도 병원 진찰 한번쯤 안 받아보고 죽는 노인이 거의 없을 만큼 병원 문턱이 낮아지고부터는 어떤 죽음에도 반드시 핑계가 있다는 걸 알게 되었다. 그중 두드러지는 게 아마 암의 증가일 것이다.

예전에도 암은 있었을 터이나, 각종 공해의 탓도 있겠지만 의료 혜택과 기술의 발달은 노년뿐 아니라 중년 이후의 사망 원인은 거의가 다 암이 아닌가 싶을 정도로 그 병은 현저하게 증가한 현대병이 되었다. 죽기가 싫어서라기보다는 그 투병 과정의 고통스러움 때문에 암은 안 걸리고 죽었으면

하는 게 노인들의 소망이었다. 옛날 노인들은 자식들의 간병도 못 받아보고 죽는 걸 급살을 맞는다고 해서 가장 싫어했었는데 요새 노인들은 오히려 그런 죽음을 부러워하고 소망하게 되었다.

암이 급사의 공포를 물리친 것처럼 암의 공포도 물리칠 만큼 노인들에게뿐 아니라 중년 이후의 연령층을 공포스럽게 하는 최신의 병은 아마 치매일 것이다. 치매라는 말이 있기 전에도 '노망' 또는 '망령'이라는 말은 있어왔다. 인간이 반드시 거치게 돼 있는 영아기, 유아기, 사춘기, 청장년기와 마찬가지로 죽음을 앞두고 심신이 쇠약해진 시기에 나타나는 불가피한 징후를 망령이라고 부를 때, 그것은 병이 아니라 자연스러운 인생의 한 과정이었다. 이렇게 오랫동안 친숙해진 망령이란 말을 놔두고 치매라는 말이 생겨난 것은 이런 자연스러운 노쇠 현상과는 명백하게 다른 병인이 밝혀졌기 때문일 것이다. 그러나 치매 환자가 급격히 늘어나는 것은 암만 해도 치매라는 말과 상관이 있는 것 같다. 왜냐하면 그 흔하던 망령 노인은 온데간데없고 온통 치매 환자 천지가 돼버렸으니 말이다.

뉘 집 노인이 망령기가 있으신가봐, 라고 전해질 때, 그저 그런가보다 심상히 들어넘기게 된다. 그러나 뉘 집 노인이 치매라더라 하면 어머머, 저를 어쩌나 싶으면서 그 집 며느리나 딸은 물론 온 집안 식구들을 동정하게 된다. 그 말은 또한 노인을 모신 가정들이 그 노인을 소외시키고 자신들의 노고를 과장하거나 노인을 구박하고 불친절하게 구는 걸 너무도 당당하게 합리화시켜줄 수 있는 말이 되기도 한다.

"글쎄 우리 어머니가 치매시지 뭐니?" 이렇게 한번 풍기고 나면 그 노인을 뒷방으로 내몰고 윗사람으로서의 권위나 품위를 차단시켜버려도 아무도 뭐라지 않는다. 그럴 때는 가족이나 주위 사람들이 의식을 했건 안 했건 간에 치매라는 병은 말이 만들어낸 병이라는 혐의를 걸지 않을 수 없게 된다.

나의 경우를 돌이켜보아도 수 년 동안이나 정신이 오락가락하다가 돌아가신 시어머니를 모셔보았는데, 그때의 그분의 증세가 영락없이 요새 밝혀진 노인성 치매라는 것과 똑같은 것이었다. 그러나 남들이 다 망령 드셨다고 했고, 우리 식구들은 늙으면 애 된다더라, 라는 말만 믿고 편안하게 견디었다. 그러나 그때 만일 노인성 치매라는 말이 있었다면 훨씬 더 경망스럽게 수선을 떨었을 테고 온 집안 식구가 불행감에 사로잡혔을 것 같다. 이렇게 돌이켜봐서도 치매가 무섭거늘 장차 자신에게 닥칠지도 모를 미래의 문제라고 생각하면 그 공포감이 한결 심각해진다. 그래서 치매는 늙은이들이 암보다 더 걸리길 두려워하는 병이 되었고, 중년층의 일상사까지 깊이 간여하게 되었다. 치매를 예방한다는 음식과 약에 대한 관심이나 사소한 건망증에도 치매가 아닐까 전전긍긍 하는 일이 노인보다 중년층이 더 심한 듯하다.

나는 물론 예방보다는 당장 자가진단이 필요한 나이지만, 진단을 유보하고자 우선 위안으로 삼는 것은, 나는 어렸을 때도 뭘 잘 잊어버렸다는 걸 상기하는 일이다. 소학교 때는 도시락을 빠뜨리길 잘했고, 아침에 비가 와서 가지고 간 우산을 저녁때 비만 개었다 하면 학교에 놓고 와서 다음에도 비가 오는 날이면 비를 맞고 학교에 가기 일쑤였다. 중고등학교 때는 운동복 등 준비물을 까먹는 것은 물론 아침에 책가방 쌀 때 요일을 헷갈려 싼 적이 비일비재였다. 지금도 내가 꾸는 악몽의 대부분은 학교를 가다보니 고무신을 신고 있어서 헐레벌떡 집으로 가 운동화로 갈아 신고 가다보니 책가방을 놓고 와서 다시 집으로 가는 따위 건망증의 끝없는 반복이다.

치매란 내가 누구인지 모르게 되는, 나를 놓치는 현상이라고 생각하기 때문에 건망증이 심한 것도 나의 중요한 일부라고 생각하고 그것을 항상 명심하고 있으려고 노력한다. 만일 내가 건망증이 심하다는 사실까지 잊어버리게 된다면 그때 나는 비로소 치매에 걸렸다 할 것이다. 자기가 건망증이라는 것까지 까먹은 치매 환자 중 가장 추악한 대사회적 치매 환자도 적지 않은 걸 봐서 그런지 노망까지는 몰라도 정말이지 치매는 안 걸리고 죽고 싶다.

아무것도 안 달라진 여름

삼풍백화점이 무너졌다는 속보를 처음 접했을 때의 분노와 절망과 수치심은 세상이 끝장나는 것 같다고 해도 지나침이 없을 정도였다. 여태껏 살아온 안으로 곪고 겉으로 번드르르한 일상이 더는 이어질 것 같지 않았고, 이어져서도 안 될 것 같았다. 이번에도 또 흐지부지 넘어가는 꼴을 봐서는 우리는 사람도 아니라고 생각했고, 이번에야말로 관과 기업의 그 더럽고 망국적인 유착 관계의 흉물스러운 원뿌리를 들춰내고 끊어버릴 때까지 우리는 다 같이 분노의 눈을 부릅뜨고 지켜봐야 할 것처럼 느꼈었다.

그로부터 한 달 남짓이 지났다. 달라진 건 아무것도 없다. 여전히 백화점 세일은 미어터지고, 창피해서 예정된 해외여행도 취소하고 싶다고 침통해하던 이도 방학 때 해외에 한번 못 갔다 오면 개학해서 기죽는다더라는 일부 초등학교의 새로운 풍속도를 핑계 삼아 가족 동반으로 속속 공항을 빠져나가고 있다. 작년보다 올해는 겉보기에 더욱 풍요해졌다는 것밖에는 아무것도 달라진 게 없다. 우리의 만 달러 시대는 딴 나라의 만 달러 시대보다 훨씬 더 요란하고 흥청거리는 게 과연 자랑일까, 특별한 능력일까.

삼풍 이전에도 무너지는 게 이상한 게 아니라 안 무너지는 게 이상하다는 소리를 공공연히 할 정도로 부실한 환경에서 잘도 즐길 것 즐기면서 일상을 영위해왔지만 이번처럼 엄청난 사건도 똑같은 전철을 밟는 걸 보니 누굴 탓하기 전에 우선 자기모멸부터 주체하기 어렵다. 어떤 불상사건 우선 자기가 면하고 나면 가족이나 친지의 안위를 확인하고 의무처럼 한바탕 격앙된 분노의 시기를 거쳐 아무리 분노해봤댔자 결국 나만 손해라는 구경꾼의 입장이 되고 만다.

왜 우리는 분노조차 아무런 뒤끝 없이 부실하기만 한가. 핑계 같지만 신속한 망각과 체념을 부추기는 거대하고도 조직적인 힘 같은 것을 안 느낄 수가 없다. 그중에도 신문, 방송 등 언론의 조작은 전율스럽기조차 하다. 처음에 언론은 물론 국민의 분노와 양식을 앞장서서 대변하면서 정당한 여론을 조성하는 것처럼 보였다. 그러나 그중에도 특히 영상 매체는 국민이 보고 싶어하는 것은 무엇이든지 신속하게 보여줘야 한다는 속성상 오락물보다 몇 배 치열한 경쟁 체제로 돌입했다. 그 처참한 비극의 현장에서도 리포터의 목소리는 신바람에 넘쳤고 보다 현장감 있는 화면을 보여주기 위해 카메라는 구조대를 가로막기 일쑤였다. 시청자는 어느 틈에 사건의 중대성이나 핵심에서 비켜나 구경꾼의 입장에 서게 되었다.

미화원들이 한꺼번에 구조됐을 때 언론은 그 공포의 폐허에서 성공적으로 축제 분위기를 연출했고, 마지막으로 거의 생존 가능성을 믿을 수 없게 된 시점에서 구출된 세 젊은이의 생환에 이르러서는 이 수치스러운 사건을 자랑스러운 사건으로까지 비약시키는 계기를 만들었다.

그들의 생환을 누가 반기고 박수치지 않으랴. 그러나 그들 또한 보호되어야 한다. 정성껏 간호하고 보살펴 점차 건강과 일상의 생활로 돌아가게 해야지 갑자기 휘황한 스포트라이트를 들이대서 어쩌겠다는 것인가. 그들이 구사일생으로 죽음의 콘크리트 더미에서 찬란하게 생환했을 때 그들의 시력 보호를 위해 눈 먼저 가려주는 것은 좋은 본보기이다. 그들의 정신 역시 그런 보호를 받아 마땅하지 않을까. 그들 기적의 젊은이들을 역경에서 용기를 잃지 않을 본보기로 삼는 것까지는 좋다. 그러나 그들이 살아남은 것은 단지 운수가 좋았기 때문이지 남다른 노력을 했거나 지혜를 짜냈기 때문이 아니고, 출중한 효자나 효녀이기 때문에, 평범하고 건강한 가정 출신이기 때문에, 하늘이 도왔기 때문은 더군다나 아니다.

그런 기적의 생환의 몇십 몇백 배에 이르는 줄줄이 실려나온 명찰을 가슴에 단 이십대 앳된 나이의 죽음치고 효자 효녀 아닌 이가 있었으며, 서민 출신 아닌 이가 있었겠는가. 살아나온 이에 대한 지나친 찬양은 생환자 자신에게도 이 될 게 없지만, 같은 처지의 자식을 잃은 유족에게는 상처가 될 수도 있다는 걸 생각해야 옳지 않을까.

천재고 인재고 재난이 있어서는 안 되는 까닭 중의 으뜸은 재난은 결코 악인과 선인을 골라서 덮치지 않는다는 데 있다. 그 완벽한 공평, 아니 인간의 능력으로는 도저히 해석할 길 없는 철저한 불공평 때문에 재난이 무서운 것이다. 그래도 반가웠던 것은 생환한 젊은이들 덕에 오래간만에 우리 사회의 기초를 이루고 있는 평범한 서민층에 대한 찬양을 여러 번 들은 일이었는데 평범이 그렇게 찬양받을 일이라면 세 젊은이의 평범 또한 보호받아 마땅하지 않을까.

건강한 서민층이야말로 곧 무슨 일이 날 것처럼 위태위태한 우리 사회를 지탱해주는 기초공사요 철근이다. 과중한 하중 때문에 가뜩이나 허리가 휘는 철근을 빼다가 헛된 간판으로 삼아서 어쩌겠다는 것인가.

유족들의 절통한 마음에 심심한 애도를 표하며.

2부

내가 꿈꾸는 죽음

나의 문학과 고향의 의미

내가 태어난 곳은 개성에서 십 킬로미터가량 떨어진 박적골이란 벽촌이다. 이십 호도 채 안 되는 작은 마을이었고 거의가 자작농이어서 다들 그만그만하게 살았다. 유년 시절에 겪은 변화 중 아직도 생각나는 것은 이백 년에 걸쳐 대대로 살던 집이 너무 낡아서 헐고 다시 지은 거였는데 새집의 건축 자재나 그 양식이 헌 집과 달라진 건 아무것도 없었다. 식구가 늘어난 만큼 크기가 약간 커졌다고는 하나 게딱지를 엎어놓은 것처럼 낮은 초가집이 오순도순 모여 사는 마을 경관에 변화를 미칠 만한 것은 못 되었다. 집을 짓는 데 들어간 자재 또한 헐어낸 집과 똑같이 흙과 짚과 수수깡과 나무 등 그 마을의 산과 들에서 쉽게 얻을 수 있는 것들이었다.

남자들은 농사를 지었고, 여자들은 길쌈을 했다. 집집마다 물레와 베틀이 있어, 직접 생산한 누에고치와 면화와 삼에서 뽑아낸 실로 따뜻한 옷감과 서늘한 옷감을 짜냈다. 우리 마을에서 가장 가까운 소도시 개성까지 나가서 농산물과 바꿔 오는 가장 주된 물건은 농기구, 신발, 물감 등이었다. 명절이나 혼사를 앞두고 색색가지 고운 물감을 들여 널어놓은 옷감의 팔락임은 어린 가슴을 축제의 예감으로 울렁거리게 했다.

여덟 살이 될 때까지 그 마을을 벗어난 적이 없었고, 비슷한 생활양식과 인심이 통하는 조선이라는 나라 외에 딴 나라가 있다는 것도 풍문을 통해서였다. 조선이 일본의 강점하에 있을 적인데도 워낙 두메라 일본 사람을 직접 본 적은 없고, 어른들이 성질이 경망스럽거나 모진 사람을 일인에 빗대는 소리를 통해 제일 먼저 얻어들은 외국 이름이 일본이었다. 두 번째로 얻어들은 외국 이름은 공교롭게도 독일이다. 물감 때문이었다. 우린 오랫동안 이 나라를 독일로 불러오다가 근래엔 도이취란드라고도 하지만, 그때만 해도 우리 할아버지는 덕국德國이라고 했다. 할아버지가 개성 가서 사오신 물감 중 "이건 덕국산 물감이다"라는 단서가 붙은 물감을 어머니가 어찌나 기뻐하며 귀하게 여겼던지 지금까지도 잊히지 않는다.

우리나라의 30년대라면, 먼저 서양의 과학 문명을 성공적으로 수용한 이웃 일본에게 주권을 빼앗기고 난 뒤여서 외세와 외래문화에 적잖이 부대낄 때였건만 내 고향의 오백 년이 한결같은 생활양식에 미친 영향은 이다지도 미미했다. 아마 십 대조 할아버지가 뒷산 선영에서 다시 살아나 걸어내려온다 해도 조금도 낯설어 하지 않고 자기집 문지방을 넘을 수 있을 성싶게 시간이 고여 있었다.

자식 교육 또한 아들은 서당에 보내 한문을 배우게 하고, 딸은 집안에서 한글을 배우게 하는 게 전통적 방법이었다. 설사 문자 교육을 못 시키더라도 반드시 가르쳐야 할 것으론, 어른을 공경하고, 동기간과 이웃간에 화목하고, 남녀가 함부로 섞이지 않고, 고독한 사람과 가난한 이를 측은히 여겨 보살펴야 한다는 유교적인 사람 노릇을 으뜸으로 쳤다.

소위 인륜은 집안뿐 아니라 한 마을이라는 작은 공동체의 질서와 화목의 확고한 근본 구실을 했다. 그러나 십 리 밖 면소재지에 신학문을 가르치는 소학교가 처음으로 들어섰다는 소문은 모두 스스로 만족하여 의심할 나위가 없었던 마을 공동체의 교육관에 심각한 분열을 가져왔다. 신식 학교에서는 일본말을 가르친다는데 그까짓 일본말을 내 자식에게 배우게 할 수는 없다는 의견과, 나라를 잃은 건 우리가 깨어나지 못했기 때문이니 일본말을 통해서라도 문명화돼야 한다는 의견은 서로 팽팽히 대립했다. 그러나 어른들의 이런 갈등은 어디까지나 아들을 대상으로 한 것이지 딸은 애초부터 포함되지도 않았다.

나는 그런 보수적인 고장에서도 유별나게 완고한 조부모님을 모시고 사는 집안에 태어났음에도 불구하고 소학교부터 면 소재지나 소도시도 아닌 서울에서 다닐 수가 있었다. 어느 날 어머니는 당신이 우겨서 면 소재지의 소학교나마 가까스로 졸업시킨 오빠와 아직 취학 전의 나를 데리고 무작정 상경을 했다. 내 나이 여덟 살 적이었다. 그보다 앞서 우리 남매는 아버지를 별안간 여의었고, 어머니는 젊은 나이에 과부가 돼 있었다. 어머니는 고향 출신이었지만 서울에 자리잡은 친척을 통해 서울 구경은 몇 번 한 적이 있었다. 도시 문명에 대한 약간의 지식 때문에 어머니는 아버지의 죽음을 운명으로 승복하지를 못했다. 그때 도시엔 이미 흔한 신식 병원 양의한테 보일 수만 있었어도 그렇게 어처구니없이 죽을 병이 아니었다고 판단한 어머니는 시골의 무지에 진저리를 쳤고 자식들만은 어떻게든지 도회지에서 키워야겠다고 결심을 하기에 이르렀다.

어머니는 종갓집 맏며느리였기 때문에 과부가 됐다고는 하나 가만히만 있으면 충분히 보호받을 수가 있었다. 반면 보장받을 지위를 박찼을 때 돌아온 어른들의 진노와 동네와 문중의 비난과 억측은 차마 견디기 어려운 것이었으나 어머니는 굽히지 않았다. 우리 세 식구는 초라한 몰골로 누구의 전송도 못 받고 도망치듯 고향을 등졌다.

서울 가는 기차를 타기 위해 개성까지 가는 동안 험한 고개를 네 번이나 넘어야 했다. 마지막 고개에 오르니 비로소 발아래 개성 시가지가 펼쳐졌다. 나는 숨을 죽이고 생전 처음 보는 도시에 황홀한 눈길을 보냈다. 그러다가 어느 순간 눈을 쏘는 강렬한 빛에 놀라 악, 소리를 지르며 어머니 치마꼬리에 얼굴을 파묻었다. 시뻘건 해가 박살이 나서 떨어진 것처럼 강렬하고도 괴기스러운 빛이었다. 신식 건물 유리창이 되쏜 햇빛이 그렇게 놀랍고 두려웠던 것이다. 어머니는 괜히 무서운 얼굴로 바보처럼 굴지 말라고, 서울서는 여염집도 다 창문이 그런 유리로 돼 있다고 가르쳐주었다. 종이로 바른 봉창밖에 모르던 나에게 그건 굉장한 충격이었다. 도시가 날카로운 적의를 품고 나를 겁주는 것처럼 무섭고 싫었다.

여덟 살 적에 최초로 겪은 이 문화적 충격은 그후 오래도록 내 의식에 눌어붙어 도시적인 것과의 화해를 가로막았다. 아직까지도 나는 새록새록 쏟아져나오는 신기한 새 상품이나 편리한 첨단기기를 보면 호기심이나 욕심이 생기기에 앞서 괜히 불안하고 뜨악해 뒷걸음 먼저 치고 보는 버릇이 있다.

서울에서의 우리 세 식구의 생활은 당연히 곤궁하고 비참했다. 처음 정착한 곳이 변두리의 빈민굴이었는데 불결할 뿐 아니라 우리가 그때까지 사람 노릇의 근본으로 친 유교적인 인륜 도덕이 예전에 실종한 동네였다. 직업이 없거나 하루 벌어 하루 먹는 막벌이꾼들이 모여 사는 그 동네서 어머니 또한 바느질품을 팔아 자식들을 겨우 굶기지나 않으면서도 동네 사람들의 무지막지한 생활 방식을 경멸해 마지않았다. 그때 어머니로부터 제일 많이 들은 잔소리는 동네 아이들하고 놀지 말란 소리였다. "아아, 정말이지 끔찍한 바닥 상것들이다." 어머니가 동네 사람을 평하는 탄식의 소리는 늘 이러했다. 그리고 우리가 고향에선 얼마나 점잖은 집안의 귀한 자손이라는 걸 우리에게 주입시키고자 했다. 어머니는 당신이 앞장서서 탈출한 고향의 한 자락을 이제 와서는 무슨 보물처럼 움켜쥐고 자식들의 자존심으로 삼으려 들었다.

그러나 내 고민은 어머니의 그것과는 정반대였다. 나는 빈민굴의 아이들하고라도 어울려서 놀고 싶었다. 그러나 그애들은 나를 시골뜨기라고 놀리고 붙여주지 않았다. 나는 외톨이가 싫어서 하루 바삐 시골티를 벗어버리고 싶었지만 마음대로 되는 게 아니었다.

우리는 고향을 탈출한 게 아니었다. 탈출하지 못한 고향이 줄창 우리에게 눌어붙어 다녔다. 빈민굴 아이들한테 진저리를 친 어머니는 내가 입학할 학교만이라도 점잖은 동네 아이들이 다니는 학교이길 바랐다. 나는 극성스러운 어머니에 의해 우리 동네서 산을 하나 넘어야 하는 먼 거리의 소학교로 보내졌다. 주위 환경이 수려하고 서울 토박이 중산층 동네를 낀 학교였다.

지지리도 못사는 집 아이들한테도 시골뜨기라고 놀림을 받아 마땅하게 초라하고 어수룩한 아이를, 깔끔하고 영악한 서울 아이들 사이에 우격다짐으로 쑤셔넣었으니 그 아이의 학교생활이 오죽했겠는가. 늘 외롭고 주눅들고 슬펐다. 공부도 꼬래비에 가까웠다. 나는 도시 아이들처럼 세련되고 싶다는 갈망과 절대로 그렇게 될 리가 없다는 절망을 번갈아 질겅질겅 씹으며 동무 하나 없이 아이들이 저희끼리만 노는 걸 저만치서 구경만 했다. 처량하고 불행한 유년기였다. 이렇듯 나의 시골 고향은 도시 빈민층 아이들 앞에선 자존심의 근거가 됐지만, 학교에선 벗어나고픈 궁상이요 남루였다.

주거지를 속여가면서까지 좋은 학교에 집어넣은 어머니의 극성은 딸이 공부 못하는 걸 참지 못했다. 방학을 하면 자식의 우등상장을 앞세우고 여봐란듯이 고향에 돌아가는 게 어머니의 소원이었다. 어머니의 금의환향을 위해 나는 끊임없이 닦달질을 당했고 학년이 오르면서 별수없이 공부 잘하는 아이가 됐다. 그렇다고 시골뜨기 의식에서까지 놓여난 건 아니었다. 난 늘 외톨이였고 이들의 끼리끼리에서 항상 몇 걸음 비켜나 있었다.

반장을 뽑을 때는 선생님이 성적순으로 오륙 명의 아이를 천거하면 아이들의 무기명 투표로 한 명을 뽑게 돼 있었는데 내 성적이 상위 오륙 명 안에 들게 되자 나는 반장이 될까봐 전전긍긍하지 않으면 안 되었다. 내가 그 영악하고 세련된 서울 아이들을 통솔한다는 건 말도 안 되는 소리였다. 결코 당선될 리가 없는데도 몇 표 안 되는 내 표가 나올 때마다 나는 식은땀을 흘리며 깜짝깜짝 놀라곤 했다.

그후 어머니의 소원대로 나는 좋은 상급 학교로 진학하고 오빠는 좋은 데 취직해서 빈촌을 면하고 버젓하게 살게 되었고, 고향으로부터도 못된 며느리 대신 잘난 며느리라는 칭송을 받게 되었다. 그러나 나는 여전히 시골뜨기였다. 동무들과 잘 어울리지 못했고, 중심인물이나 남을 이끄는 입장이 되는 걸 두려워했다. 그렇다고 내 성격에 미친 고향의 의미가 열등감만이 다는 아니다.

가끔 나는 나를 토박이 서울 사람과 확연히 다르게 느낄 적이 있다. 내 성격 중 좋은 점이 있다면 그건 거의 나의 촌스러움에 근거하고 있다는 걸 자각할 때이다. 그리하여 고향은 어머니에게뿐 아니라 나에게도 자존심의 근거가 돼주고 있다. 이렇듯 내 고향은 아직도 나에게 살아 있는 모순이다.

그러나 무엇보다도 내가 고향에 감사하고 싶은 것은, 훗날 내가 글을 쓰게 된 것이 나의 시골뜨기 근성에 힘입은 바가 크기 때문이다. 사교적인 모임뿐 아니라 인간이 만들어내는 여러 갈래의 우호적 또는 적대적, 정열적 혹은 타산적 관계의 와중渦中으로 끼어들지 못하고 조금 비켜나 있고 싶어하는 근성은 스스로를 비하하는 열등감에서 비롯된 것이었으나 점점 내 성격 형성의 일부가 되어버렸다. 비켜나 있음을 차라리 편안하게 여기게 되었고, 와중에 있는 것보다는 약간 비켜나 있으면 돌아가는 모습이 더 잘 보인다는 것도 터득하게 되었다.

비켜나 있음의 쓸쓸함과 약간 떨어진 위치에서 사람 사는 모습을 바라보며 그 거리를 가장 잘 보이게끔 팽팽하게 조절할 때의 긴장감은 곧 나만이 보고 느낀 걸 표현해보고 싶은 욕구로 이어졌다. 그런 욕구를 충족시키고 나면 인간관계에서 비실비실 비켜나 있음이 촌스러울 뿐 아니라 떳떳치 못한 일일지도 모른다는 자격지심이 조금은 위로받을 수 있다는 것도 글쓰는 보람이다.

그러나 한편 고향은 나에게 멍에요 또한 상처였다. 어머니 때문이었다. 장수하신 어머니는 내겐 따라다니는 고향이었다. 개성 근교인 개풍군 땅은 남북이 무력으로 대결한 육이오 전까지는 서울에서 자유롭게 왕래할 수 있는 삼팔선 이남 지역이었다. 그러나 휴전협정 후 새로 그어진 휴전선에 의해 갈 수 없는 땅이 되고 말았다. 어머니가 서울서 자수성가한 식구들을 앞세우고 무슨 때마다 금의환향하던 고향을 잃은 것이다. 그러나 선영과 고가만 그냥 남겨놓았다 뿐 조부모님은 그 전에 돌아가셨고, 어머니 대신 고향집을 지키던 숙부네도 온 식구가 다 남으로 피난을 와 있으니 그나마 다행이었다.

무엇보다도 어머니가 귀향할 때마다 찬란한 비단옷 역할을 하던 우리 식구는 전쟁중 만신창이가 돼 있었다. 어머니의 드센 자존심을 생각할 때 그렇게 영락한 처지로는 설사 고향이 이북땅이 되지 않았더라도 발길을 끊어 마땅했다. 아닌 게 아니라 어머니는 세상만사에 뜻이 없는 그림자 같은 노인으로 잔잔히 노쇠해갔다.

어머니의 가족도 한 대를 걸러 손자대로 접어들면서 가세의 중흥기를 맞았다. 자손들 형편이 고루 넉넉해지면서 어머니는 원하면 호강도 할 수가 있었다. 그러나 신식 물건이나 새로운 음식을 일일이 타박하는 증세로부터 시작해서, 고향에서 먹던 것, 고향의 산천과 생활 방식만이 최고요 딴것은 다 꼴도 보기 싫다는 식으로 차츰 노망의 증세를 보이기 시작했다.

젊은이들이 이런 노인을 기피한 때문도 있었지만, 내가 당신과 고향의 추억을 공유한 단 한 사람의 피붙이이기도 해서 나는 어머니에게 붙들리면 끝도 없이 고향 타령을 들어야만 했다. 강화도에 가면 강 넓이밖에 안 되는 해협 건너로 고향 땅을 육안으로 빤히 바라볼 수 있는 지점이 있는데 어머니는 시도 때도 없이 거기 가고 싶어했고, 그 지척의 땅을 못 가게 막는 보이지 않는 힘에 대해 남북 가리지 않고 들입다 악담을 퍼부었다. 고향땅을 못 가게 만든 전쟁의 참상도 지긋지긋하도록 생생하게 증언을 하고 또 했다.

어머니는 나에게 살아 있는 고향이자 마냥 피 흘리는 상처였다. 말년에는 죽어서라도 고향땅에 묻히고 싶다는 유언을 되풀이해서 나를 지치게 했다. 그러나 어머니 역시 이중의 고향을 가지고 있었다. 그 점에서 우리는 닮은 모녀였다. 고향을 이상향처럼 절절히 그리다가도 느닷없이 나에게 그때 당신이 나를 데리고 무작정 상경하지 않았으면 지금쯤 네 신세가 어찌 되었겠느냐고 생색을 내고 싶어했다. 그럴 때 어머니의 상상 속의 고향은 박적골이 아니라 단지 이북땅일 뿐이고 이북땅은 사람 못 살 데라는 확신에 차 있었다. 그러나 어머니가 전쟁중에 겪은 악몽 같은 경험으로 미루어 으레 그러려니 짐작한 고향의 모습이 결코 현재 북에 실재하는 고향땅의 참다운 모습은 아니듯이, 어머니가 죽는 날까지 이상향처럼 그리워한 고향 역시 지금 현재 이북에도, 그 밖에 어떤 곳에도 실재할 수 있는 고장은 아닐 것이다. 결국 어머니의 애착도 증오도 다 당신이 꾸민 허상에 바쳐진 것뿐이었다.

어머니는 구십 세의 장수를 누리고 돌아가셨지만 그리던 고향땅을 생전에 밟아보지 못하셨고 물론 고향땅에 묻히시지도 못했다. 이렇게 철천지한을 풀어보지 못하고 죽은 이가 어찌 어머니뿐이랴. 오랜 세월이 흐르면서 한을 품은 이들은 계속 죽어갔다. 어떡하든 생전에 한풀이를 하고 싶은 세력이 그만큼 줄어들게 되고, 결국 통일을 지향하는 힘도 줄어가는구나, 막연하게 생각해왔다. 그러나 어머니의 죽음을 겪고 나서 나는 그런 생각을 고쳐먹을 수가 있었다. 어머니가 돌아가시자 자식 된 자라면 누구나 느끼는 슬픔과 함께 멍에를 벗은 것 같은 홀가분함을 느꼈다면 내가 너무 불효한 것일까. 그러나 솔직한 심정이 그러했다. 더는 모순된 이중의 고향, 두 개의 허상에 짓눌리지 않아도 된다는 게 그렇게 홀가분할 수가 없었다.

어머니로부터 자유로워지자, 허상에 바쳐진 애증은 헛된

정열일 뿐 결코 진정한 힘은 아니다. 앞으로는 서로가 서로의 실상뿐 아니라 자신의 실상까지 바로 보는 것만이 진정한 힘이 되리라는 새로운 희망도 생겼다. 원한이란 반드시 복수의 욕구를 동반하게 마련이다. 평화가 목적일 뿐 아니라 수단도 되어야 하는 통일을 위해서는 결코 바람직한 정서가 아니다.

작가의 눈엔 완전한 악인도 완전한 성인도 존재하지 않는다. 모든 사람한테 미움 받은 악인한테서도 연민할 만한 인간성을 발굴해낼 수 있고, 만인이 추앙하여 마지않는 성인한테서도 인간적인 약점을 찾아내고야 마는 게 작가의 눈이다. 그리하여 악인과 성인, 빈자와 부자를 층하하지 않고 동시에 얼싸안을 수 있는 게 문학의 특권이자 자부심이다. 작가의 이런 보는 눈은 인간 개개인에게뿐 아니라 인간이 만든 사회나 제도를 보는 데도 결코 달라질 순 없다고 생각한다.

『미망』을 위한 변명

『미망』을 준비하는 동안 헌책방도 참 많이 돌아다녔다. 인물의 성격이나 이야기 줄거리는 다 돼 있었지만, 그때 사람들이 산 일상의 모습이 구체적으로 떠오르지 않아서였다. 1910년대의 일본 고교입시용 지리 참고서나 20년대의 소학교 교과서 같은 걸 단지 내가 살아보지 않은 시대의 것이라는 이유 하나만으로 사가지고 와서 들춰보노라면 마침 적재적소에 써먹음직 만한 것이 눈에 띄어 큰 횡재를 한 것처럼 무릎을 치며 좋아한 적도 있다.

내가 살아보지 않은 시대 얘기를 쓴다는 게 나로서는 여간 힘들고 조심스러운 일이 아니었다.

숙부로부터 얻어들은 개성의 몇몇 큰 상인들 집안의 흥미

진진한 흥망성쇠 얘기는 내 상상력을 자극했고, 그들이 어떻게 살았나 하는 시시콜콜한 사람살이의 모습은 기억력이 뛰어난 어머니로부터 많은 도움을 받았다. 개성 부자들의 규모 있는 살림 솜씨를 묘사하기 위한 단 한 줄을 위해 어머니한테 장시간 망건 꾸미는 실습을 받기도 했다.

단지 한 줄, 단지 몇 마디를 위해 수많은 책을 뒤지고 어머니한테로 달려간 일이 어찌 한두 번뿐이었으랴. 그래도 어머니가 살아본 시대 얘기는 어머니가 옆에 계심으로 해서 묘사하기가 한결 수월했는데 그 이전 1800년대 말경을 묘사할 때가 제일 어려웠다. 그때 가장 아쉬운 게 자료가 아니라 그 무렵에 나온 소설이 거의 없다는 거였다.

내가 소설을 쓰기 전에 반드시 하는 준비운동은 내가 작중 인물화化하는 건데, 그러기 위해서는 같은 시대를 산 사람들과 자연스럽게 그 시대의 호흡을 같이하는 일이고, 시공을 뛰어넘어 그 일을 가능케 해주는 것으로 소설만한 것이 없다. 상상력도 거기서 출발해야지, 그 시대 얘기를 하면서 그 시대의 분위기가 묻어 있지 않은 상상력은 어쩐지 아무도 믿어줄 것 같지가 않아 마음껏 펼쳐지지가 않는다. 그런저런 어려움 때문에 준비 기간도 오래 걸렸지만 『문학사상』 연재만도 육 년이나 끌었고 그 육 년 동안 힘들었던 일은 지금 생각해도 뼈가 다 물렁물렁해지려고 한다.

그래도 가끔 내 작품 중 혹시 오십 년이나 백 년 후에도 읽힐 게 있다면 『미망』이 아닐까 하는 생각을 할 때가 있다. 소설의 수명이 점점 짧아지고 이젠 거의 일회용 소모품처럼 돼버린 세상에 그런 생각을 한다는 것은 내가 생각해도 주책이요 망발이다 싶긴 하지만, 오십 년이나 백 년 후까지 남을 고전이 되었으면 하는 욕심하고는 다르다. 다만 오십 년이나 백 년 동안이나 헌책방(그때도 헌책방이 존재하리란 발상 자체가 실은 웃기는 얘기지만)에서 먼지를 뒤집어쓰고 있다가 내가 그랬던 것처럼 간절히 찾는 임자를 만나 지난 한 시대의 정신과 생활상을 여실히 증거해줄지도 모른다는 가냘픈 요행수를 바라서이다.

그러나 한 시대 한 지방을 충실히 복원하기 위해서만 이 소설을 쓴 건 아니다. 공산주의 나라보다는 자본주의 나라가 더 잘산다는 게 확실해지자, 자본주의만이 살길이다가 돈이 제일이다로 좀더 쉽게 풀이되면서 우리 품성이 날로 천격스럽고 허황해지는 걸 보면서 벼슬을 하는 대신 장사로 돈 벌기를 택한, 즉 일찍부터 자본주의화했다고도 볼 수 있는 개성상인의 독특한 상혼을 되짚어봄으로써 천민자본주의와의 차별성을 부각시키고 싶었다.

또한 풍부한 경제력의 뒷받침에도 불구하고 사치를 억제한 그쪽 생활 방식의 절제된 세련미와 인삼 농사에 대한 신앙에 가까운 외경과 애착과 자부심도 놓치고 싶지 않았다. 세상이 다 알아주는 우수한 상품을 만들고 제값을 받음으로써 홍삼과 백삼이 조선 시대의 영세한 국가재정에 얼마나 큰 버팀목 노릇을 해왔는지는 주지의 사실이다.

그러나 삼농과 상업의 행복한 동반자 관계로 유지돼온 개성 지방의 번영도 일제하에서는 그 한계를 드러낸다. 철저한 신용거래와 상점을 자식에게 상속시키기보다는 서로 남의 자식을 데려다 가혹하게 훈련시킴으로써 부를 분배하는 제도는 오늘날에도 되살리고 싶은 특이한 제도이나, 크게 발전하기에는 너무 배타적이고 폐쇄적이어서 지방색에 머무르고 말았다. 주인공 태임이네가 활로를 찾은 것도 공업화였다는 것도 나로서는 많은 뜻을 함축한 거였고, 실제의 모델도 있다.

이 지면은 실은 소설 『미망』을 해설하라고 제공된 자리가 아니라 MBC의 수목드라마 〈미망〉을 보고 나서 그 원작자로서의 느낌이나 유감의 뜻 같은 걸 표명해보라고 주어진 자리이다. 그러나 원작 『미망』과 현재 방영되고 있는 드라마 〈미망〉은 원작의 뜻을 훼손했다든가 살렸다든가 하는 비교나 불평이 불가능할 정도로 전혀 별개의 것이 되어가고 있다.

시청자 중에는 각색과 원작이 따로따로라는 걸 염두에 두지 않는 분이 의외로 많아서, 재미있게 본다면서 요다음엔 어떻게 되느냐고 극중 인물의 앞으로의 운명을 나에게 물어보는 분이 꽤 있다. 나도 잘 모르겠다고 말하면 나를 불친절한 사람처럼 여기기도 한다. 또 원작을 읽은 시청자 중에는 이럴 수가 있느냐고 나에게 거칠게 항의를 해오는 분도 있다. 여러 번 거듭해서 전화로 엄중하게 항의하는 분에게는 나한테 그러지 말고 MBC한테 직접 항의하시라고 부탁한 적도 있다. 목소리만 들어도 겁이 날 정도로 고증 문제를 일일이 예를 들어가면서 지속적으로 분개하는 노인분도 계셨다. 나는 지금 그런 분한테 변명을 하고 싶어서 이 지면을 빌리고 있는지도 모르겠다.

이런 형편이니 원작자로서의 나의 심기도 편할 리는 없었지만 방영되는 〈미망〉은 임충 극본, 소원영 연출의 미망일 뿐이라고 애써 태연하려고 노력한다. 처음부터 그랬던 것은 아니고 원작대로 우물에 빠져 죽은 줄 알았던 머릿방 아씨가 붉은 스카프를 두르고 남자 사냥을 나서는 걸 보면서 서둘러 그렇게 생각한 건 일종의 자기 방어책이었는지도 모르지만, 나한테 의논 한마디 없이 살려놓은 걸 어쩌겠는가.

각색자가 바꾸어놓은 운명은 끝까지 각색자가 책임을 져

야지 내가 나선다고 될 일이 아니다. 그러나 원작자의 입장을 떠나 시청자의 입장에 선다고 해도 납득할 수 없는 것은, 그 시절 여염집 과부의 남자 사냥 나들이가 과연 가능했나보다는 처음에는 원작대로 밑이 빠진 걸로 돼 있던 여자가 돌연 남자 사냥을 나서는 일이다. 밑이 빠진다는 것은 오늘날에는 희귀한 병이지만 출산 후 곧 물동이를 이는 등 힘든 가사노동에 종사해야 했던 옛날 농촌에서는 그닥 드문 병이 아니었다.

밑이 빠지는 증세의 비극성은 당시로서는 고칠 방도가 없는 불치병이라는 데도 있지만 부부생활이 불가능해진다는 데 있다. 밑이 빠진 걸 그럴듯하게 연기한 머릿방 아씨가 돌연 꼿꼿한 자세로 요염한 웃음을 띠고 남자 사냥을 나선다는 건 말이 안 된다. 밑이 빠진다는 게 무엇인지 몰랐다고밖에 해석할 수가 없다. 또 원작에서는 밑이 빠진 원인 제공을 시어머니보다는 민란에 두었다.

나는 이 차이가 굉장히 중요하다고 생각한다. 민란이란 대개 세상을 바꿔보려는 정의감 넘치는 젊음의 집단행동의 결과인데 집단의 꿈이 무자비하게 할퀴고 지나간 개인의 운명을 상징적으로 보여주고 싶었다. 머릿방 아씨가 인기가 있다고 해서 돌연 명을 연장시키니까 성격에 일관성이 없어지고 결국은 그 성격은 죽은 거나 마찬가지였다. 나중에 정말 죽으면서 부끄러움을 아는 사람이 되라는 유언을 남기고 자식들이 어려움에 처할 때마다 그 소리를 되풀이하는 대목에 이르러서는 그 너무도 가당찮은 교훈의 말씀에 나는 닭살이 돋곤 했다.

열연을 한 하야시라는 인물에 대해서는 내가 전혀 창조한 바 없는 인물이니 뭐라고 할 말이 없다. 그러나 일개 일본 낭인이 총독부를 좌지우지할 실권이 있었다고 여겨지지는 않는다. 그 이상의 고위층이었다면 좀더 세련되고 문화적인 탈을 쓰고 있어야 마땅하지 않을까. 하급 순사나 단순한 하수인이라면 모를까, 일본 제국주의 얼굴을 그렇게 천편일률적으로 희화화시키는 짓은 이제 그만했으면 싶다.

제국주의가 무서운 것은 식민지의 지식인까지 홀리고 추종케 하는 한 단계 높은 이중성에 있는 것이지 그렇게 드러내놓고 야비한 인간을 식민지 종주국의 얼굴로 그리면 그런 것들한테 먹힌 식민지 백성의 체면은 뭐가 되나.

또 그 당시 아무리 돈이 있다고 해도 사병을 거느릴 수 있었다고는 상상도 할 수 없는 일이다. 일개 상인이 살인 명령을 내리고 그의 명령 한마디로 칼도 아니고 총을 난사하다니 그 말도 안 되는 설정 때문에 무협극이 되고 말았다. 무협극이니까 당연한 거지만 중요 인물들은 거의 몇 번씩이나 칼을 맞지 않으면 총에 맞아 죽거나 죽을 고비를 넘는다.

채시라가 예쁘긴 해도 할아버지 대를 이어 살인 명령을 내리거나 삼촌에게 자결 명령을 내리는 게 그럴듯해 보일 만한 카리스마가 있어 보이진 않는다. 무협지에 고증을 따진다는 것 자체가 덜떨어진 수작 같긴 하지만 채시라의 미모만 돋보이게 하려고 19세기 말에 서울서 양장을 하고 말을 타고 귀향한다거나, 부부가 결혼해서 같이 미국으로 유학을 가자는 소리를 떡 먹듯 하는 데 이르러서는 그 가당치 않음에 실소를 금할 수가 없었다.

일제시대 순사들이 총이 아니라 칼을 차고 다녔다는 것도 현재 육십 세 전후 세대만 해도 역력히 기억하고 있는 사실인데 총대 메고 파출소 앞에 서 있는 순사에 이르러서는 원작자의 입장을 떠나서 한 평범한 시청자로서라도 그 무성의한 고증에 아연할밖에 없었다.

그러나 그런 것들도 후반의 박승재네 집안 식구들이 일본 기모노를 입고 날치면서 여란이까지 얽히고 섞여서 벌이는 애정인지 치정 놀음에다 대면 아무것도 아니다. 이건 도대체 뭘까? 나처럼 욕 잘하는 할망구도 말을 잃는다. 그리고 참담해진다. 나는 좋은 문학작품은 구태여 작가가 나서서 변호해주지 않더라도 아무도 함부로 왜곡시킬 수 없는 뼈대랄까 품위를 스스로 지니고 있다고 나는 『미망』을 책으로 낼 때 서문에 이렇게 썼다.

지척에 둔 고향땅 개성을 이 세상 끝보다 더 멀게 느끼면서 살아온 지 어언 사십 년째가 된다. 도대체 어쩌볼 수 없다는 무력감, 풀 길 없는 분노 때문이었을까, 내가 만들어낸 인물들이라도 그 그리운 산하를 거침없이 누비며, 운명과 싸워 흥하고 망하고 울고 웃게 하고 싶다는 건 내 오랜 작가적 소망이자 내 나름의 귀향의 방법이었다.

그렇다. 『미망』은 내 귀향의 방법이자 고향에 바치는 헌사였다. 꿈도 컸지, 육 년 전 MBC 측과 계약을 맺을 때만 해도 〈미망〉을 개성에 가서 찍을 수 있기를 바랐었다. 『미망』은 개성 지방 특유의 생활문화뿐 아니라 아름다운 산천을 묘사하는 데도 내 딴엔 지극한 애정을 바쳤기 때문이다. 그때는 지금보다도 남북 관계가 덜 경직돼 있었던지 그런 뜻을 문서화하진 않았지만 전혀 가망 없는 일은 아니라는 말을 주고받았던 생각을 하면서 민속촌에서 벌어지는 미망을 보는 일은 원작을 살렸고 못 살렸고를 떠나서도 쓸쓸하기 짝이 없는 일이다.

내가 꿈꾸는 나의 죽음

어렸을 때 죽음에 대해 얼마나 생각했는지 지금 생각해낼 수는 없다. 아마 막연한 공포감이 전부였을 것이다. 사춘기 때 죽음에 대한 생각은 매우 이중적이었다. 스물아홉까지만 살고 싶었고 그보다 나이가 더 먹은 사람은 무슨 재미로 사나가 여간 궁금하지 않았다.

젊은 죽음, 꽃 같은 죽음은 그 시절의 나의 꿈이었다. 그러면서도 나만은 안 죽을 것 같았다. 물론 내가 늙는다는 것도 있을 수 없는 일 같았다. 나에겐 있을 수 없는 일 같아서 그렇게 동경할 수 있었는지도 모른다.

나이 먹는다는 건 가까운 사람의 죽음을 경험하는 일이다. 드물지 않게 동갑내기나 나보다 어린 사람, 심지어 자식의 죽음까지 경험하게 되었다. 나이 먹는다는 것은 죽음에는 순서가 없다는 무서운 사실을 받아들이는 일이다. 죽음을 준비하고 죽음을 받아들이는 마음이 언제부터 생겼는지는 잘 생각나지 않는다.

요즈음의 나의 하루의 사고 내용을 보면 죽음에 대한 생각이 반 이상이 된다. 내가 어떻게 죽을지가 그렇게 걱정이 된다. 요새는 왜 그렇게 암이 많은지 남편도 그랬지만, 친지들이 거의가 다 암으로 죽었거나 죽어간다. 그 과정의 고통을 잘 알기 때문에 내가 암 선고를 받았을 때 치료를 받아들일 것인가, 치료를 거부하고 조용히 죽음을 기다릴 것인가도 지금부터 진지하게 생각하고 있는 일 중의 하나이다.

죽음보다도 죽을 때 받을 고통을 생각하면 죽음은 역시 무섭다. 그러나 장수해서 치매가 되는 것은 더 무섭다. 내가 사랑하던 이들로부터 그런 방법으로 정을 떼고 가고 싶지는 않다. 그러나 가장 무서운 것은 오래 안 죽고 정신이 말똥말똥해서 나보다 나중 죽어야 할 사람이 먼저 죽는 걸 보는 일이다. 그런 일을 또다시 겪지 않도록 어서어서 죽고 싶다는 생각도 많이 한다.

고통도 없이 노망도 안 들고 죽을 수 있다고 해도 역시 죽음이 무서운 것은, 죽으면 아무것도 느낄 수가 없다는 것이다. 가슴을 에는 비통 중에서도 꽃 피는 계절은 아름다웠고, 새로 태어난 손자를 안아보는 기쁨은 황홀했고, 자식들을 위해 맛있는 것을 만들 때는 신바람도 났건만 그 모든 것을 느낄 수가 없다고 생각하면 너무 무섭다. 그러나 완전한 무가 바로 무한이란 생각도 든다. 죽음과 동시에 느낄 수는 없게 되더라도 살아 있는 이들에게 느낌을 일으킬 수 있는 보다 근원적인 것, 무한한 것의 일부로 환원하게 되는 것이 아닐까.

피는 꽃을 보고 즐거워하는 대신 꽃을 피우는 대자연의 섭리의 일부가 될 테고, 육신으로 사랑하는 사람들과 만나는 대신 무심한 바람으로 사랑하는 사람들의 옷깃을 스치게 될 터이다. 또 자식들은 가끔 내 생각을 하며 그리워도 하고, 나를 닮은 목소리로 제 자식을 나무라고, 나를 닮아 잘 웃으며, 열심히 일상을 살다가 문득 자신의 나이들어가는 모습에서, 새로 태어나는 아이들의 모습에서 죽은 에미의 모습을 발견하게 될지도 모른다. 그럴 때 자식들이 이 에미가 남기고 간 희미한 자국을 혐오하지 말고 따뜻이 받아들였으면 하는 게 이 세상에 대해 내가 아직도 못 버리고 있는 미련 중의 하나이다.

그밖엔 어떤 자취도 남기고 싶지 않다. 특히 내가 소유하고 있던 물건이 내가 죽은 후에도 남아 있을 생각을 하면 끔찍하다. 잠 안 오는 밤이면 부스스 일어나 옷장이나 서재를 뒤져 버릴 것이나 남 줄 것을 찾는다. 가진 것을 줄여야지, 최소한도만 가져야지 벼르건만 가진 것은 좀처럼 줄지 않는다. 가구를 집에 새로 들이지 않은 지는 오래됐지만 옷은 없앤 만큼 사게 된다.

우리나라는 흔히 계절의 변화가 뚜렷하다고들 하는데 내 생각으로는 너무 섬세하고 미묘하다. 같은 섭씨 이십 도라도 봄의 이십 도와 가을의 이십 도가 다르다. 밤낮의 길이가 같다고 해도 춘분의 햇빛과 추분의 햇빛은 그 밝음, 부피가 확연히 다르다. 멋을 낼 생각이 없다고 해도 스스로 편안하고 튀지 않기 위해서만도 옷이 많이 필요한 나라이다. 아무리 없애도 나도 결국은 기본적인 것은 또 장만을 해야 한다. 소유를 줄이기 위해 없앤 게 아니라, 새것에 대한 소유욕 때문에 없앴다는 걸 뒤늦게 깨닫게 된다.

책만 해도 그렇다. 내가 갖고 있는 책은 내가 필요한 정도나 관리 능력에 벅찬 양이다. 장서가가 될 생각은 추호도 없고 희귀본 같은 것도 갖고 있지 않다. 읽고 좋았던 책, 앞으로 읽어야지 싶은 책, 두고두고 다시 보는 책, 사전류, 참고로 할 필요가 있는 책만 가지고 있으려 해도 그게 여의치 않다. 정성스러운 서명이 든 책도 버리게 되지 않고, 장정이 견고한 전집류도 꽂아놓은 게 그럴듯해서 못 버린다.

결국은 잡지류를 제일 먼저 솎아내게 되는데, 나중에 찾아볼 일이 가장 많이 생기는 것도 사실은 잡지류이다. 같은 작품이 중복돼서 나온 걸 갖고 있으면 될 수 있는 대로 최근의 것을 남기고 예전 것을 처분하는데 그건 요새 나온 것일수록 활자가 크기 때문이다. 장서로서의 가치 같은 것은 처음부터 생각해본 적이 없기 때문에 언제고 읽을 것을 전제로 한 책 아니면 내 서재에서 남아나지를 못한다. 그렇게 수시로 책을 솎아내건만 서재가 넘쳐 딴방까지 책이 널려 있다.

이사할 때나 여행할 때 책이 제일 무겁고 부피가 나가 천덕꾸러기가 되는 것을 생각하면 나 죽은 후에 그게 자식들에게 굉장한 부담을 줄 것 같아 책더미 사이에 망연히 서 있을 적이 종종 있다. 내 딴엔 옷가지고, 그릇이고, 책이고 제때제때 없애느라고 중노동도 불사하건만 나 죽은 후까지도 남아 있을 내 소유물은 이렇게 결코 적다고 할 수가 없다.

부피가 안 나가는 소유라고 해서 걱정이 안 되는 것도 아니다. 얼마간의 돈이 들어 있는 예금통장만 해도 그렇다. 앓지 않고, 아프지 않고, 너무 오래 살지도 말고, 남들이 조금은 아깝다고 애석하게 여길 나이에 죽고 싶은 게 나의 마지막 허영이지만, 나라고 중풍이나 치매에 걸려 몇 년씩 병석에 있다가 죽지 말란 법이 없다는 것을 왜 모르랴.

예금통장은 그럴 때에 대비한 약간의 목돈이지만, 그걸로 남을지, 모자랄지는 아무도 모르는 일이다. 모자라면 자식들에게 미안한 노릇이지만 남거나, 천복으로 앓지 않고 죽어 고스란히 남는다고 해서 자식들에게 복이 될까? 서로 우애가 그만이던 자식들이 약간의 불로소득 때문에 행여 의가 상할까봐 그것도 걱정이 되지만, 그런 일이 없다고 해도 제 분수에 맞게 잘들 사는 자식들에게 불로소득이란 이로움보다 해로움이 더할지도 모르지 않나.

만일 내가 재산을 남기고 죽으면 어디다 아무도 모르게 기부를 하라고 미리 유서를 써놓을까, 그런 생각까지 하다가 피식 웃음이 난다. 내가 죽으면 이미 나는 이 세상 아무것도 내 게 아니다. 일생 동안 그렇게 애지중지 봉사하던 내 육신에 대한 권리까지도 포기하는 마당에 그까짓 푼돈에 대한 권리 주장을 왜 하랴. 재산에 대한 유언은 결국은 죽어서도 내 것은 내 마음대로 하겠다는 권리 주장이 아니고 무엇이랴. 그렇다고 미리 없애자니 역시 노후 걱정이라는 원점으로 돌아오게 된다.

나는 모르지만 내가 죽는 날은 미래 어느 시점에 분명히 있을 것이다. 그 시점이 가까워지는 것과 비례해서 내 안의 생명력도 착실하게 소진되고 있을 것이다. 생명력이 소진되는 것과 같은 속도로 내가 소유한 모든 것도 조금씩 조금씩 작아지다가 죽음과 동시에 소실돼버릴 수는 없는 것일까.

내가 꿈꾸는 죽음은 고작 그 정도다. 그러면서도 꿈도 크다고 생각한다.

시골집에서

나는 지금 이 글을 시골집에서 쓰고 있다.

올여름은 서울의 아파트보다 이 시골집에서 보낸 날이 더 많았다. 내 아파트로 몇 번이나 내 부재중을 확인한 친구가, 나중에 어디 갔었느냐고 물으면 시골집에 가 있었다고 대답하기를 좋아하지만 여기가 정말 시골인지는 나도 잘 모르겠다. 구리시에 속하는 동네고, 구리시 중에서도 서울과 붙은 쪽이라 이 동네 아이들은 학군까지 서울에 속한다.

분당이나 평촌 주민들이 스스로를 시골 사람이라고 생각하지 않는 것처럼 여기는 시골이 아닌지도 모르겠다. 그래도 나는 여기를 시골집이라고 여기고 싶고 아이들한테까지 엄마 어디 갔냐고 누가 물으면 시골집에 가 있다고 대답하라고 이른다.

나를 아는 이들 중에서는 나의 시골집에 대해서 좀더 궁금해하는 사람도 있다. 주말농장 정도의 농사를 지으려고 사놓은 집이 있는 줄 알기도 하고 별장이나 집필실을 연상하기도 한다. 다 아니다. 백 평 남짓한 마당이 나에게 과분하긴 하나 거기서 농사를 지을 엄두를 낼 만하지는 않다.

좀더 솔직하게 말하면 내가 시골을 좋아한다고 해서 농사를 좋아하는 것은 아니다. 별장은 더군다나 당치않다. 동네도 그런 것하고는 거리가 먼, 소똥 냄새가 풀풀 나는 보잘것없는 동네지만 나의 시골집은 이 동네서도 가장 멋없이 지은 퇴락한 집이다. 여기서 원고를 쓸 적이 어쩌다 있긴 하지만 짧은 글에 한해서고 그나마 쓰고 나면 여기까지 와서도 원고 부담에서 놓여나지 못한 내가 한심하고 억울해서 다신 그러지 말아야지 벼르게 되니 집필실이랄 수도 없다.

이 집을 장만한 지는 십오 년 정도 되지만 그동안 쭉 전세를 주었다가 수리해서 나의 시골집을 만든 지는 일 년도 안 된다. 이 집의 용도는 장만할 때부터 모호했다. 가깝게 지내던 이가 이 동네에다 집을 짓고 이사를 왔을 때만 해도 시골도 아니고 서울도 아닌, 인심은 발랑 까졌으면서 촌스럽기는 되게 촌스러운 이 동네를 별로 좋아하지 않았다. 어느 날 그 집에 들렀다가 그 동네에 팔려고 내놓은 집을 구경하게 되었는데 살 마음이 있어서가 아니라 그의 친절을 뿌리칠 수가 없어서였다.

그 집, 지금의 나의 시골집은 동네 가장자리 개울가에 있었다. 이웃집이 안 보이고 자연하고만 면대하고 있어서 산골 외딴집 같은 착각을 일으켰다. 이 집은 처음부터 착각을 위한 집이었는지도 모르겠다. 마당에서 개울 흐르는 소리를 들을 수 있었다. 개울 건너는 몇 뙈기의 밭이 있고 곧 동산이었다. 마침 가을이었다. 단풍으로 소문난 일이 없는 보통 산인데도 가슴이 울렁거리게 아름다웠다. 그건 나만이 아는 친숙한 아름다움이었다. 우리 고향집 마당에서 바라본 경치하고 어쩌면 그렇게 닮았는지.

나는 그때 비로소 잘생긴 산봉우리가 두 팔을 벌려 만든 협곡에 삼태기에 안기듯이 폭 파묻힌 이 마을의 입지적 조건이 내 고향 마을하고 신기하도록 닮았다는 걸 알게 되었다. 집주인이 내가 그 동네 경치에 반한 낌새를 알아차렸는지 고개를 왼쪽으로 돌리기만 하면 한강이 보일 거라고 했다. 그대로 해보았지만 벼가 누렇게 익어가는 넓은 벌이 보일 뿐 한강은 안 보였다. 한강이 안 보여도 그만이었다. 협곡이 동쪽으로 넓게 부챗살 모양으로 퍼지면서 기름진 논을 형상하는 것까지 영락없는 박적골이었다.

집주인이 혼잣말처럼 덧붙였다. 지금은 겨우 하얀 띠처럼 보이지만 장마가 지면 벌까지 차오를 것처럼 부푼다고. 우리 고향 마을도 장마가 지면 보통때는 산모롱이에 가려 보이지 않던 저수지 물이 앞벌까지 부풀어올랐다. 그것까지 같다는 것은 거의 운명적인 만남이라고 생각했다. 여기다가 내 고향 마을의 시골집을 재생하고 싶은 욕망을 억제할 수 있을 것 같지가 않았다.

그 집을 계약하고 중도금 잔금을 치를 때까지도 나는 그 집의 구조나 취약점에 대해 관심도 없었고 알아보려 들지도 않았다. 집을 살 때 필수적으로 알아봐야 할 것을 남편이 알아보러 다니는 것조차 달갑지가 않았다. 혹시 결정적인 하자가 나타나서 그 집을 못 사게 될까봐 허둥댈 정도로 나는 그 집에 맹목적이었다.

남편은 본적지가 서울에서도 종로구 옥인동일 정도로 순 서울내기였다. 은퇴 후 거기서 전원생활을 즐기자는 달콤한 내 유혹보다는 투자가치가 있나 없나 먼저 따지려들었다. 그 마을을 삼태기처럼 에워싼 산은 아차산이었다. 지금도 백제 유물이 출토되는 꽤 보존 가치가 있는 그린벨트니까 해제될 가망은 없다고 했다. 그런 산이 삼면을 둘러싸고 있으니 발전의 여지가 없을 수밖에. 즉 투자가치가 없다는 소린데, 나에겐 그게 도리어 더 그 마을 아니면 안 되는 결정적인 이유가 되었다. 안 부리던 고집이라 그도 별수없이 져주었지만 아마 내가 돈을 벌지 않았으면 불가능한 일이었을 것이다.

이렇게 나로서는 거금을 주고 장만한 집이지만, 나에게도 시골집이 있다고 생각하는 것만으로도 위안이 되는 것 이상의 이용 가치를 알지 못했다. 이 동네는 어디로 뻗어나갈 수가 없이 꽉 막힌 동네라 예상했던 대로 십여 년 동안 거의 변화가 없다. 그러나 강변길에서 동네까지 들어올 동안의 넓은 들은 벼농사에서 미나리꽝으로 바뀌더니 작년부터 대지로 변해 집이 들어서기 시작했고 우리 동네는 자연히 구舊 마을이 되었다.

고향 마을로 착각할 만한 근거가 점점 희박해지는 게 초조하던 참에 마침 전세 든 사람이 나가게 되어 내 차지가 되었다. 그러나 글을 쓰고 식구들과 어울리는 본거지는 역시 아파트인지라 시골집은 며칠씩 비워놓기 일쑤이다. 빈집인 채로 잠가놓았던 집에 며칠 만에 들르면 요새 같은 장마철엔 곰팡내가 코를 찌른다. 그러나 밤에 숲에서 뻐꾸기가 울고, 바로 머리맡에서 개울물 소리가 사랑스럽게 재잘대면 시멘트가 부식하는 냄새까지 시골 초가집의 꿉꿉한 냄새로 착각되면서 더할 나위 없이 푸근한 안식과 평화를 맛보게 된다.

가세가 기울면서 몇 년씩 이엉도 새고 잇지 못하여 비가 오면 짙은 커피 빛깔의 낙숫물이 흐르던 고향집이건만 거기서 맛본 휴식과 위로만이 진정한 것이었다고 믿고 싶은 나에게 시멘트에서 피어난 곰팡내를 초가지붕 냄새로 착각하기에 가장 적절한, 어렴풋한 낮잠이 그렇게 감미로울 수가 없다. 그러나 착각으로 위로받았다면 위로 또한 착각이 아니었을까.

나에게 고향이란 도대체 뭘까? 내 경험 중 소생하려는 욕망이 가장 강하고 집요한 기억이 바로 고향이다.

며칠 전 밤새도록 내린 장대비가 잠시 너누룩해진 아침이었다. 그 사랑스럽던 개울물 소리도 천 길 낭떠러지를 곤두박질치는 폭포수처럼 우렁차게 들리는지라 우산을 받고 물 구경을 나갔다. 과연 엄청나게 불은 개울물이 황톳빛으로 용솟음치고 있었다. 역시 물 구경을 나온 이웃의 K부인과 함께 위태롭게 놓인 다리를 건너 산기슭에 펼쳐진 밭 사이로 들어가 보았다. 그냥 바라볼 때보다 훨씬 넓은 농토였다. 작물도 다양했지만 소위 경제 작물이라고 하는 신식 서양 채소는 하나도 없이 오이, 호박, 가지, 들깨는 물론 토란까지 건강하게 자라고 있었다. 비닐 조각이 하나도 안 보이는 예전의 텃밭 그대로였다.

장마중이라 고랑 사이가 실개천을 이룬 데도 있었고, 맥문동 포기로 경계를 만든 밭도 있었다. 보라색 맥문동 꽃은 장마에도 짓무르지 않고 기다란 꽃송이를 수직으로 쳐들고 무리지어 피어 있는 게 마치 점화를 기다리는 축제의 양초처럼 보였다.

전엔 창고였음직한 오두막을 기승스럽게 뒤덮은 호박 넝쿨을 보며 K부인이 말했다. 호박잎쌈을 먹을 줄 아느냐고. 먹을 줄 아냐니? 호박잎쌈이라면 입맛 없을 때 불현듯 생각나는 몇 가지 안 되는 음식 중의 하나였다. 입맛 없을 때 가장 필요한 양념은 추억이라는 것 또한 나의 못 말리는 입맛이었다. 추억이란 뭔가? 그것 또한 기억인 것을.

내가 대답을 안 하는 것을 어떻게 받아들였는지, K부인은 연한 호박잎을 밥솥에 얹어서 부드럽게 쪄가지고 젓갈을 얹어 밥을 싸먹는다고 가르쳐주었다. 그녀는 마산이 고향이었다. 그러나 나는 식문화도 그 고장의 자연환경에 따라 각각 다양하게 발달한다는 평범한 상식도 모르는 듯 덮어놓고 화가 났다. 나는 호박잎쌈은 숭덩숭덩 썬 풋고추와 된장 덩어리를 같은 분량으로 반반씩 넣고 걸쭉하게 지진 강된장을 얹어서 싸먹어야 제맛이 난다고 믿고 있었기 때문이다.

그 천하제일의 맛을 모르고 젓갈을 얹어먹다니, 도저히 참을 수가 없었다. 그녀에게 젓갈이 아니라 된장이 옳다는 걸 당장 보여줘야 할 것 같았다. 그건 이미 식욕의 한계를 지난, 도저히 제어할 수 없는 열정 같은 거였다. 나는 그녀에게 당장 그걸 보여주기 위해 그 자리에서 누구네 밭인지도 모를 남의 밭에서 풋고추를 마구 따고, 파도 몇 뿌리 뽑고, 호박잎도 여리여리 여린 것으로 골라서 넉넉히 땄다. 그리고 K여사를 나의 시골집으로 끌고 들어와 비법이랄 것도 없는 그 우직한 요리법을 열정적으로 설명하며 해 보였다.

밭에서 금방 딴 풋고추가 충분히 들어간 강된장이 뚝배기 속에서 자작자작 졸아들면서 나만이 아는 맛의 진수가 코를 강하게 자극했다. 나는 자신도 믿을 수 없는 돌발적인 식욕으로 두 공기의 밥을 거뜬히 먹어치웠다. 그녀는 내 식욕에 자극됐다기보다는 질린 것 같았다. 젓갈을 얹어먹는 것이 더 맛있다는 말 정도는 해도 될 법한데 그냥 웃기만 하면서 반 공기쯤의 밥을 먹어주었다.

그 여자가 돌아간 후 남은 강된장을 바라보면서 나는 그 강된장이야말로 내 소설과 같구나, 탄식했다. 텃밭을 보면서 문득 촉발된 미각의 기억을 재생시키고, 남의 동의까지 얻어내고 싶은 열정에서 벗어나자 마음이 축 처지면서 슬프고 참담하고 허망했다. 그것까지 한 편의 소설을 쓰고 났을 때의 기분과 맞아떨어졌다.

강된장뿐 아니라 이 시골집도 실은 소설인지도 몰랐다. 나는 이 시골집에 가장 넓은 벽에다가 떡하니 우리 고향 마을과 그 주변의 지도를 걸어놓고 기분을 내고 있다. 시골집을 만들기까지의 심리적 과정도 그렇지만, 마을 속에 집이 있는 게 아니라 집 속에 마을이 있으니 그것도 소설이다.

내 창작열을 걷잡을 수 없는 열정으로 점화시키는 것은 기억인가 현실인가? 아마 둘 다일 것이다. 아니면 둘이 만나 서로 간섭하고 갈등하고 마찰할 때일 것이다.

그렇다고 내 모든 기억이 현실을 간섭하는 것은 아니다. 기회만 있으면 들고일어나 현실을 간섭하는 기억 중 고향 말고도 육이오를 빼놓을 수가 없다. 아마 그런 증이 없었다면 소설가가 되지도 못했을 것이다.

처녀작 『나목裸木』은 처음엔 논픽션을 쓸 작정이었다. 우연히 박수근 화백의 유작전을 보고 나서 그의 전기를 쓰고 싶다는 강박관념 같은 것에 사로잡히게 되었지만 박수근 화백에 대해 전기를 쓸 만큼 아는 게 있는 것도 아니었다. 전쟁중에 어려운 때를 같은 직장에서 일 년 남짓을 보낸 적이 있고, 그때 그가 얼마나 가난과 굴욕에 짓눌려야 했는지 생생히 본 것밖에 없었다. 그럼에도 불구하고 전기를 쓰지 않으면 못 견딜 것처럼 느낀 건 엄청나게 오른 그의 그림값 때문이었다.

그는 평생 가난하게 살다 갔는데 엉뚱하게 화상畵商이나 소장자가 이득을 보는 현실에다 대고 그가 어떻게 살았는지 증언해야 한다고 생각했다. 그때 나는 문인도 아무것도 아니었으니까 발표될 가망이 있는 것도 아니면서 나 아니면 안 된다는 사명감까지 느껴야 했다. 왜? 나는 보았으니까. 목격자가 증언을 하는 건 당연했다. 그러나 전기를 쓰다 말고 소설로 바꾼 것은 자료의 부족 때문도 있었지만 나도 끼어들고 싶었기 때문이다. 전기에 필자가 등장할 수는 없다는 한계성 때문에 나는 쓰다 말고 지쳤고, 쓰는 재미도 느낄 수가 없었다. 나를 투사하고 싶다는 강력한 욕망이 논픽션을 픽션으로 바꾸는 결정적인 계기가 됐다.

그러나 나는 요새 기억의 도움 없이 현실을 바로 보고 정확하게 묘사함으로써 새로워지고 싶다는 소망을 고통스럽게 키우고 있다. 기억이 아무것도 아니라는 얘기는 아니다. 기억이 하찮으면 나도 하찮다. 나는 기억의 다발에 불과하다. 그것으로 족하지 구태여 특정 기억으로 착시나 미화의 방편을 삼지는 말자고 스스로에게 다짐하고 있다.

그런 뜻으로 내 작품에 중요한 영향을 끼친 기억들을 생으로 내보인 것들이 『그 많던 싱아는 누가 다 먹었을까』와 『그

산이 정말 거기 있었을까』 두 편이다. 독자 앞에 이게 다라고 몽땅 드러내 보임으로써 더는 우려먹지 못하게 되길 스스로에게 바라고 있다. 내가 툭하면 써먹기를 즐겼을 뿐 아니라 자랑스럽게 여긴 시골 체험도 실은 텃밭 푸성귀에 맺힌 아침 이슬에 함초롬히 종아리 적신 기억일 뿐 농사일로 땀흘린 기억은 결여된 아니꼽고 유치한 것이다.

이 나이에 아직도, 나를 제대로 알지 못하고는 현실을 바로 볼 수 없으리라는 것은 극복하지 못한 과제이다.

야다리와 구름다리

우리 어렸을 때는 어른들이 아이들을 놀려먹을 때, 다리 밑에서 주워 왔다는 소리를 잘했다. 말을 안 듣거나 미운 짓만 골라서 할 나이에 특히 그런 소리를 많이 들었다. 우리 고장에서는 그게 좀더 구체적이었다. 그냥 다리 밑이 아니라 '야다리' 밑에서 얻어왔다고 했다.

미운 일곱 살이란 말도 있듯이 한창 말을 잘 안 들을 나이가 예닐곱 살 무렵인데 엄마한테 야단맞고 나서 머릿방 모퉁이나 뒤란 터줏자리 근처에서 훌쩍훌쩍 청승을 떨고 있으면, 삼촌들이 오며 가며 재는 왜 저렇게 말을 안 들을까, 우리 집안엔 저런 아이 없는데 혹시 야다리 밑에서 주워온 거 아냐, 하고 약을 올렸다. 막냇삼촌은 더 짓궂어서 느이 엄마는 야다리에서 떡장사 한다더라고 한술 더 떴다. 그런 소리까지 듣고 나면 나는 물론 소리내어 울었고, 엄마가 달려나와 다둑거려 주었다. 우리 식구는 워낙 동질감과 결속력이 강하고 그런 특질에 어려서부터 자부심 비슷한 걸 느껴왔는지라, 내가 혹시 정말 야다리 밑에서 얻어온 아인가, 자신의 출생을 의심스럽게 여긴 것 같지는 않다.

그러나 야다리에 대해서는 막연히 그리운 마음을 품고 있었다. 야다리는 송도에 있는 다리였기 때문일 것이다. 우리 마을에서는 개성을 송도라고 불렀다. 그곳은 개성에서 이십 리쯤 떨어진 벽촌이었다. 오백 년 전에도 그렇게 살았음직한 자급자족의 농경사회였다. 송도 나들이 갔다 오는 어른의 옷자락에 묻어 있는 대처大處의 먼지에서 어렴풋이 문명의 낌새를 느끼는 게 고작이었다. 어른들은 송도 갔다 올 적이면 괜히 으스댔다. 어린 눈에 그렇게 보일 수밖에 없었던 것은, 송도 갔다 오는 어른들의 보따리 속에는 금박댕기, 고무신, 미라 사탕, 물감 등 온갖 신기한 것들이 들어 있었으니까.

아이들한테 야다리 밑에서 얻어온 아이라는 소리보다 더 위협적인 소리는 이다음에 송도 갔다 올 때 뭐 사다주나봐라, 하는 경고였다. 송도는 내 어린 마음의 꿈의 고장이었다. 우리 마을에도 다리는 있었다. 외나무다리, 흙다리, 아니면 징검

다리였다. 그러나 야다리는 그런 다리와는 댈 것도 아니게 특별난 다리일 것 같았다.

그 무렵 어른들한테 들은 또하나의 다리는 구름다리였다. 개성역에서 서울 가는 기차를 타려면 구름다리를 건너야 한다는 것이었다. 구름다리, 이름만 들어도 가슴이 울렁거렸다. 그러나 야다리만큼 신비하진 않았다. 구름다리의 구조는 그걸 건너본 이들의 설명으로 대강 짐작이라도 할 수가 있었지만 야다리는 아무도 가본 사람이 있는 것 같지가 않았다. 설화 속의 다리이지 현실적인 다리가 아니었다.

할아버지던가 삼촌으로부터 들은 야다리의 유래는 더욱 그 다리를 비현실적으로 만들었다. 옛날, 송도가 온 세상 장사꾼의 중심이었을 적에 멀리 청국보다 더 먼, 펄펄 뛰게 뜨거운 먼 나라의 장사꾼들이 약대라는 진기한 짐승에다 그 나라의 금은보화를 잔뜩 싣고 와서 고려인삼과 바꾸려 했을 때, 약대를 매어놓았던 자리가 바로 야다리라고 했다. 야다리가 약대에서 유래한 이름이라고 하면서도 약대가 어떻게 생긴 짐승인지는 아무도 설명을 못했다.

여덟 살 때 서울 오느라고 처음으로 송도를 거쳤다. 은빛으로 빛나는 아름다운 고장이었다. 그러나 곧장 개성역으로 갔기 때문에 야다리가 어디 있는지 알 수 없었다. 어디 있냐고 물어본 것 같지도 않다. 현실적인 다리가 아니었기 때문에 궁금한 마음도 없었을 것이다. 그날로 기차를 탔다. 야다리보다 먼저 구름다리를 건넜다. 구름다리라는 환상적인 이름과는 달리 멋대가리 없는 다리였다. 엄마의 치마꼬리를 놓칠세라 숨차게 층층다리를 올라가 건너편에서는 다시 밑으로 곤두박질을 쳐 내려가야 했다. 사람들이 걷지를 않고 죽자꾸나 뛰는 것도 이상했다. 남보다 먼저 기차를 타야 앉아서 갈 수 있기 때문에 그런다고 했다.

야다리를 처음 건넌 것은 야다리에 대한 꿈이 없어지고 나서도 훨씬 후였다. 일제 말기에 우리집은 총독부의 소개령에 따라 고향으로 돌아갔다. 식량난이 극심할 때였다. 소개령이 강제적인 것은 아니었다 해도 고향에 조부모님이 남아 계시고 토지도 좀 있는 우리 같은 집에서는 식량난이라도 해결해 보려고 순순히 따를 수밖에 없었다.

당시 숙명여고에 다니고 있던 나는 호수돈여고로 전학을 했다. 이십 리 밖에서 통학할 수는 없으므로 개성 시내에 임시로 거처를 정하고 며칠 안 있다 여름방학이 되고, 그 여름방학중에 해방이 되었다. 해방 후는 고향 마을에서 빈둥대다 일가가 다시 서울로 돌아가기 위해 개성으로 나갔다. 그때 개성에는 소련군이 주둔해 있었다. 해방 직후에는 어떻게 된 게 그 삼팔선이라는 게 왔다갔다해서, 개성이 삼팔 이남이었다가 며칠 만에 이북이 됐다가, 다시 삼팔 이남이 되어, 지금처럼 휴전선 이북땅이 될 때까지 쭉 이남 땅이었다. 그것도 모르고 하필 이북땅이었을 적에 기차를 타려고 개성에 갔더니, 서울 가려면 삼팔 이남 땅인 봉동역까지 가야 한다고 했다.

그때만 해도 삼팔선이라는 게 얼마나 지엄한 선이 되리라는 걸 전혀 짐작도 못했으므로 현실적으로 있지도 않은 선 때문에 기차가 못 다닌다는 걸 이해할 수 없었다. 개성에서 봉동역까지는 다시 이십 리는 걸어야 했다. 당일로 사십 리를 걷는다는 게 무리였고, 또 곧 기차가 다니게 될 거라는 소문도 있고 해서 시내에 며칠 머무르려고 했다. 그러나 소련군에 대한 소문이 하도 흉흉해서, 겁에 질린 엄마가 서둘러 다음 날로 봉동역까지 걸어가기로 했다.

야다리는 개성에서 서울로 난 국도로 접어드는 길목에 있었다. 처음으로 건너본 야다리가 어떻게 생겼는지는 잘 생각나지 않는다. 야다리 이쪽에는 소련군이 보초를 서 있고 건너편 남쪽에는 미군이 보초를 서 있었다. 기차가 안 통하니까 많은 사람이 야다리를 건너 봉동까지 가고 있었지만 양쪽 군인 다 보초를 서고 있을 뿐 제지하지는 않았다. 그 다리가 어떻게 생긴 다리인지 전혀 생각나지 않는 것은 처음 보는 외국

군인에 대한 호기심과 두려움 때문이기도 했지만, 아마 평범한 다리였기 때문이었을 것이다. 삼팔선이 지나가는 다리일 터인데 금 같은 것도 그어져 있지 않았다.

그 후 야다리에 대한 소식을 들은 것은 1985년, 딱 한 번 성사된 남북 고향 방문단의 일원으로 평양을 다녀온 분의 글을 통해서였다. 판문점에서 버스로 십오 분 만에 야다리를 건너 개성에 이르렀는데 야다리 모습은 그대론데 이름은 통일다리로 바뀌어 있더라는 것이었다.

나의 어머니

어머니는 구십의 장수를 하셨는데도 나에게 좋은 일이 있을 때마다 어머니의 빈자리가 크게 느껴지곤 한다. 좋은 일을 듣고 가장 반기실 분이 안 계시다는 걸로 좋은 일 자체가 무의미하게 느껴지기까지 할 적도 있다. 학교에서 받은 통지표가 잘 나왔을 때 어머니의 그 환한 미소를 생각하고 한달음으로 달려가던 어린 마음을 나는 이 나이까지 못 버리고 있다.

그와는 반대로 몇 년만 일찍 돌아가셨어도, 하는 고약한 생각을 할 적도 있다. 내가 어머니에게 저지른 가장 큰 불효는 내가 겪은 참척의 고통을 어머니가 보시도록 한 일인데, 어머니는 그때 크게 울지도 못하시면서 당신의 장수를 통탄 자책하셨다.

자식으로서 부모가 진작 죽지 못한 걸 한하시게 하는 것처럼 크고 송구스러운 불효가 또 있을까. 그러나 어쩔 수가 없었다. 웬만한 어려움은 어머니가 계심으로 힘이 되고 위로가 될 수 있었지만 자식을 앞세운 비운만은 그래지지가 않았다. 위로 구순이 몇 년 남지 않은 노모가 생존해 계시다는 게 고통을 더욱 견디기 어렵도록 했다. 어머니의 말년을 이렇듯 욕스럽게 만든 것을 생각하면 지금도 원통한 나머지 고작 한다는 소리가 삼 년만 일찍 돌아가셨어도 그 꼴을 안 보셨을걸, 하는 소리뿐이니 민망한 노릇이다.

어머니의 기억 중 가장 오래된 것은 편지 써주는 어머니이다. 어머니까지 시골집에 살 때였으니까 아마 대여섯 살 무렵이었을 것이다(나는 여덟 살 때 처음 서울에 왔지만, 어머니는 서울서 중학교 다니는 오빠 뒷바라지를 위해 그보다 이삼 년 앞서 상경하셨다). 그보다 더 어렸을 적 일일 수도 있겠으나 특별한 사람이 아닌 이상 기억력이 미치는 한도가 그 정도일 듯싶어서이다.

희미한 등잔불 밑에 아낙네들이 두런두런 모여 앉아 있다. 우리 마을 사람들도 있지만 이웃 마을에서 마실 온 이도 있을 것이다. 아낙네들이 마실을 다닐 시간이라면 초저녁은 아닐 것이다. 그건 우리 어머니의 사정도 마찬가지이다. 대가족의

맏며느리에다 바느질 솜씨가 뛰어난 어머니는 낮에는 진일, 밤에는 이슥하도록 동서들과 바느질을 하지 않으면 안 되었으니까. 아낙네들 중에는 엊그저께 시집온 젊은 새댁도 있다. 분위기가 어쩐지 수다를 떨고 싶어 모인 보통 마실과는 달라 보인다. 어머니가 먹을 갈고 있다. 책상을 가지고 있을 리 없는 어머니는 부엌에 가서 밥상이라도 들여왔으면 좋으련만 그러지 않고 두루마리 종이를 한 손으로 풀어내면서 한 손으로 글씨를 쓴다. 다 쓰고 나면 읽어준다.

읽어주는 사연을 듣고 어떤 새댁은 훌쩍훌쩍 울기도 한다. 당시 우리 어머니는 인근 마을까지 명필에다가 문장가로 소문이 나 글을 모르는 사람은 물론 글을 읽을 줄은 알아도 문장을 만드는 데는 자신이 없는 이까지 어머니에게 편지 대필을 부탁하고는 했다. 교통이나 통신 사정이 지척이 천 리처럼 여의치 않을 때여서인지 지금보다 훨씬 편지의 용도가 다양하고도 중요했었다.

친정어머니한테 맵고 서러운 시집살이를 호소하는 편지로부터 새로 사돈이 된 양가끼리 주고받는 정중하고 격식적인 편지까지 어머니는 막힘이 없었나보다. 나중에 들어서 안 일이지만 특히 사돈끼리의 편지는 은근히 상대방 가문의 교양 정도를 저울질할 수 있는 중요한 척도가 되는지라 자존심을 걸고 잘 써야 했다고 한다. 그런 까다로운 편지까지 어머니가 맡아놓고 대필을 하셨다니 그때 동네 여자들이 까막눈이어서가 아니라 어머니의 글과 글씨 솜씨를 기려서가 아니었던가 싶다.

나는 그때 무엇을 하고 있었을까. 아마 한잠 푹 자고 나서 두런거리는 기색에 눈을 뜨고 그 광경을 바라보았을 것이다. 그 광경이 가장 오랜 기억답게 희미하면서도 상상력이 가미돼 어제런 듯 생생한 것은 가슴이 터질 듯한 자랑스러움 때문일 것이다.

아무것도 밑에 받치지 않고 가슴 높이에서 두루마리 종이를 펴가면서 붓글씨를 써내려가는 어머니가 나는 그렇게 자랑스러울 수가 없었다. 둘러앉은 동네 여자들이 다들 어머니의 그런 장중한 모습을 숨을 죽이고 흠모하고 있는 것처럼 보였다.

어머니의 글씨는 안목 높은 할아버지까지도 명필이라고 칭찬을 아끼지 않으셨다고 하고, 안방 윗목에는 어머니가 베끼신 이야기책이 여러 권 쌓여 있었지만 어머니가 그것을 베끼는 모습을 뵌 적은 없다. 어머니가 붓을 든 모습은 남의 편지 대필해주는 모습이 전부였고 어머니가 당신의 친정에 편지를 보낸 일이 있을까조차도 의심스러울 정도로 내 어릴 적

기억 중엔 혼자서 한가롭게 글씨를 쓰시는 어머니는 없다.

그러나 우리 어머니가 남의 요청에 의해, 남의 마음을 읽어가며, 남에게 들려주기 위한 글을 쓰는 데 능했다고 생각하면 그분이야말로 당시의 사회가 허용하는 한도 내에서 뛰어난 작가였다고 생각하고, 나 또한 그런 어머니를 흠모하는 마음이 조금이나마 그분의 소질을 대물림하지 않았나 싶다.

철들고 나서 어머니를 자랑스럽게 여긴 것은 이상스럽게도 어머니를 창피하게 여기는 마음과 표리를 이루고 있다. 서울에 와서 우리는 변두리 빈촌에 살았는데 교육열이 남달랐던 어머니는 나를 서울 중심가의 부자 동네에 있는 국민학교에 보냈다. 상경한 지 며칠 안 되는 시골뜨기로서는 감당하기 어려운 심한 환경의 변화였다.

엄마 손 잡고 첫 등교하던 날 나는 나의 촌스러움보다는 어머니의 초라함이 남부끄러워서 엄마의 손을 얼마나 놓고 싶었는지 모른다. 그때 이미 신식 엄마들은 쪽 같은 거 찌지 않았고 파마나 트레머리를 하고 있었고, 얼굴에 화장하고 옷도 고운 비단옷이었다. 쪽찌고 뻣뻣한 무명 치마저고리에다 검정 고무신을 신은 것도 창피한데 어머니는 일본말도 못했다.

당시에는 담임이 일본 사람이 아니라도 학부형을 상대로 꼭 일본말을 썼다. 심지어는 일대일로 말할 때도 통역을 가운

데 놓고 말하는 조선인 선생도 있었다. 학년이 높아짐에 따라 같은 반 동무들이 통역을 맡게 됐지만 일본말이 한마디도 통하지 않는 학부모는 한 반에 몇 안 돼 나는 그게 여간 수치스럽지가 않았다.

제발 어머니가 학부형회에 참석을 안 해주길 바랐지만, 괜히 학교에 오신 적도 없었지만 학부형회가 있는데 빠지실 어머니도 아니었다. 시골서는 가장 유식해 보이던 어머니가 서울서는 글커녕 말도 안 통하는 무식쟁이 대접을 받는 것은 나로서는 여간 참아내기 힘들지가 않았다.

어느 날 어머니가 느닷없이 학교에 나타나셨다. 시골 할아버지가 위독하시다는 전보를 받고 나를 데리러 오신 거였다. 그런 급한 용무 때에는 나를 먼저 불러내어 통역 삼아 선생님에게 사정을 말씀드리는 게 순서인데 엄마는 곧장 선생님한테로 가더니 아주 점잖은 우리말로 조퇴를 시켜야 하는 까닭을 설명하는 것이었다. 쪽찐 머리를 꼿꼿이 곧추세우고 선생님의 얼굴을 똑바로 바라보며 품위 있는 우리말로 당당하게 얘기를 하는 어머니가 나는 너무도 창피하면서 한편 너무도 자랑스러워 가슴이 터질 것 같았다.

그 장면은 국민학교 고학년 때이니만치 상상력으로 윤색하지 않고도 오늘날까지도 나를 감동시키는 가장 우리 어머니다운 모습이다.

어머니의 일화는 너무도 많아 이미 소설로도 여러 번 우려먹은 바 있지만 어머니가 명필이었다는 것은 전해들은 것 외에는 유감스럽게도 증거가 될 만한 필적을 지니고 있지 못하다. 서울 살면서 어머니가 대필이 아닌, 당신 자신의 편지를 쓰시는 걸 본 적이 아주 없는 것은 아니지만 그때는 이미 펜촉에 잉크를 묻혀 쓸 때여서 명필이란 생각은 전혀 안 들었다. 또 어머니 슬하를 떠나 시집을 가고 나서도 줄창 같은 시내에 살면서 자주 찾아뵈었기 때문에 어머니로부터 우아하고 자애에 넘치는 사연이 담긴 편지를 받아볼 기회를 못 가졌다.

지금 나에게 남겨진 어머니의 필적은 어머니가 말년에 필사하다 만 『금강경』의 일부인데 그것을 입수하게 된 경위도 조금은 기구하다. 어머니는 독실한 불교 신자였는데 나도 그렇고 친정도 다들 가톨릭에 입교하게 되었다. 그러나 어머니는 그걸 말리시지도 않았고 섭섭하게 여기는 기색도 없으셨다. 그래도 우리는 어머니 장례를 불교식으로 치렀고, 사십구재도 절에서 하게 됐는데 유품을 태우는 의식도 있었다. 그때 친정 조카며느리가 챙겨온 유품 중에서 어머니의 필적을 발견하고 내가 간직하게 된 것이다.

손발이 자유롭지 못하게 된 말년에 쓰신 거라 명필과는 거리가 먼 치졸한 필체다. 더군다나 사인펜으로 쓰신 거니 그런 걸 따지기도 민망한 노릇이나 나에겐 어쩐지 어머니의 말년의 적막한 허무감이 배어 있는 것 같아 눈물겹다.

종이와 활자의 참을 수 없는 가벼움

내가 태어난 우리 시골엔 종이가 참 귀했다. 화장실이란 고상한 말은 알지도 못했고 뒷간이라고 할 때였다. 뒷간에서 일보고 나서 쓰는 걸 뒤지라고 했는데 순우리말 같으면서도 '지'는 한자의 종이 지紙 자였을 것이다. 그러나 서울로 올 때까지 뒤지로 종이를 사용해보지 못했다. 요새 아이들이 믿거나 말거나 겨울부터 봄까지는 지푸라기를 비벼서 부드럽게 만든 걸 썼고, 여름에는 뽕나무 잎으로 뒤지를 대신했다. 뒷간 가는 길에 몇 그루 서 있는 뽕나무가 곧 뒤지가 열리는 나무였다.

할아버지만이 어쩌다 생기는 포장지 따위를 반듯하게 오린 걸 뒤지로 쓰는 형편이면서 동네 아이들은 다 밑씻개라고 적나라하게 말하는 걸 상스럽다고 우리집 아이들한테는 못 쓰게 하셨다. 지금 생각해도 뽕나무잎이나 지푸라기엔 뒤지보다는 밑씻개가 어울리건만, 그런 것도 나를 길들인 시골 선비의 허위의식이라 하겠다. 그렇다고 우리집에 종이가 아주 없는 것은 아니었다. 사랑 골방에는 찌들고 얼룩진 한서가 쌓여 있었는데 할아버지가 그걸 읽으시는 것 같지도 않았지만, 그걸로 뒤지를 했으면 하는 생각이 한 번도 떠오른 적이 없을 만큼 그건 존엄한 그 무엇이었다.

서울 와서도 어렵게 살았지만 뒤지로 지푸라기나 나뭇잎을 쓸 정도는 아니었고 신문지나 포장지 따위를 쓴 건 그 시절의 보통 아이들과 다를 바가 없었다. 그러나 공책이나 하다못해 그림을 그리다 만 종이라도 자식들이 뭘 끄적거린 종이는 절대로 뒤지로 쓸 수 없는 건 어머니가 만들어낸 우리 집안의 가훈 같은 거였다. 지금처럼 공책을 흥청망청 쓸 때는 아니었다고 해도 몇 년 되면 꽤 모이게 된다. 그러면 불쏘시개로 써서 없애기는 해도 그중에서 한두 권은 꼭 보관을 했다가 해마다 얼마나 글씨 솜씨가 향상됐나 확인해보고 싶어하셨다.

요즈음은 손자들이 도무지 돈 귀한 것도, 물건 귀한 것도 몰라서 속상해하는 노인들이 많다. 저러면 안 되지 싶으면서도 자식이나 며느리 눈치가 보여 야단도 시원하게 못 친다는 것 또한 노인네들 공통의 비애이다. 나도 물론 그런 노인네들 중의 하나이지만, 특히 아이들이 휴지를 마냥 풀어내 화장실 바닥에 서리서리 서려 있게 한다거나 다 쓰지도 않은 공책이나 스케치북을 학년이 바뀌었다고 무조건 새것으로 갈아치우는 걸 보면 누구 눈치보고 말 것도 없이 눈물이 쏙 쏟아지도록 한바탕 야단을 쳐야만 직성이 풀린다. 아이들은 영문도 모르고 당하지만 나는 나의 그런 돌출 행위를 통해 어쩔 수 없이 종이 외경의 잔재를 내 속에서 발견하게 된다.

소설이 처음 당선되었을 때도 내가 쓴 글이 종이 위에 활자로 찍힌다고 생각하니 기쁘기도 하고 이 세상 최고의 신분이 된 것처럼 두려웠다. 등단 후 세상은 더 많이 변해서 이제는 등단이니 뭐니 하는 절차를 밟을 필요도 없이 아무나 책을 내게 되었고, 그런 책이라고 해서 다 있으나 마나 한 책이나 없었으면 좋을 뻔한 책이 되는 게 아닌 것은 정식으로 등단한 문인이 쓴 책이라고 해서 다 좋은 책이 아닌 것과 같다.

무자격 유자격을 떠나 책이 천하도록 흔해빠진 세상이다. 그러다보니 책을 낼 때마다 조심스럽다못해 활자 공해에 이바지하는 게 아닌가 싶어 전전긍긍하게 된다. 도합 저서가 몇 권이나 되냐고 물어올 때도 여태껏 쓴 책의 권수가 자랑스럽다기보다는 죄책감 같은 게 느껴져 약간은 축소해서 대강의 권수를 말하게 되는 것도 어릴 적부터 길들여진 글씨가 찍힌 종이에 대한 무조건적인 숭배와 무관하지 않을 것 같다.

오디오나 비디오 등 가전제품의 기초적인 조작도 잘 못하는 내가 일찍부터 기계로 글을 쓴다는 걸 사람들은 신기해하고, 스스로도 좀 웃긴다고 생각하고 있다. 지금은 컴퓨터를 쓰고 있지만 워드프로세서가 막 선보였을 적부터 그걸 쓰기 시작한 것도 실은 종이하고 관계가 있다. 나는 원고를 쓸 때 파지를 참 많이 내는 편이다. 특히 소설의 경우 처음 열 장을 쓰기까지는 오십 장 내지 백 장은 되게 파지가 난다. 건물로 치면 기초공사에 해당하는 부분이 가장 힘들다.

온종일 악전고투 끝에 건진 원고는 두세 장이나 될까 말까 한데, 파지는 방안 가득 널려 있고 그 안에 지칠 대로 지쳐서 망연히 앉아 있는 자신을 발견하게 된다. 스스로 생각해도 참담하고 누구한테 그런 꼴을 들킬까봐 겁도 난다. 그렇다고 만족할 때까지 고칠 수 있는 것도 아니다. 대개는 원고 마감이 지나 더는 고칠 시간이 없을 때까지 고치다가 제풀에 지쳐 보내버리고 만다. 그러고 나서 그동안에 낸 무수한 파지가 꼴도 보기 싫어 한꺼번에 활활 태워버리곤 하는데 그럴 때면 허탈감이랄까 아릿한 쓸쓸함도 즐길 만한 것이었다. 안 쓰이는 원고도 그 마지막 의식을 행할 때의 해방감을 상상하면 억지로라도 힘이 좀 난다.

아파트로 이사하고 나니 편리해진 것 천지나 불편해진 것도 없지 않은데 그중 가장 참기 어려운 것은 무엇을 태울 만한 아궁이가 없는 거였다. 쓰레기통에 그냥 버리자니 마치 육필이 든 종이를 뒤지로 쓰는 것만치나 죄의식을 느끼게 된다. 할 수 없이 잘게 찢어서 버리게 되는데 그래도 뒷맛이 찝찝하긴 마찬가지다.

컴퓨터의 문서 작성 기능은 이런 내 불편을 일시에 덜어주었다. 오죽해야 처음 워드프로세서를 써보고는 꿈의 기계라고까지 극찬을 아끼지 않았다. 파지 한 장 안 내고 마냥 뜯어고칠 수 있다는 게 그렇게 신기했다. 온종일 아무리 악전고투를 하고 나도 아무런 흔적 없이 시침 딱 떼고 앉아 있을 수가 있다는 게 어떤 때는 조금 허전할 지경이다.

내가 컴퓨터로 글을 쓴다는 걸 알고 속도를 내는 재미에 힘 안 들이고 다작을 할까봐 걱정해주는 친구가 더러 있다. 그러나 그런 걱정은 안 해줘도 될 것 같다. 생각하는 속도가 기계를 따라가기는커녕 기계가 생각하는 속도를 따라가는지 내가 하루 쓸 수 있는 완성된 원고의 양은 손으로 쓸 때보다 오히려 줄어가는 추세이다.

내가 걱정하는 것은 그보다는 집에 앉아서도 얼마든지 아름답고 선명한 인쇄를 뽑아낼 수 있음으로써 인쇄된 글에 대한 왕년의 순결한 동경이나 자부심이 점점 엷어지는 것이다.

나의 웬수 덩어리

컴퓨터가 또 이상해졌다. 이번엔 망령이었다. A4용지로 삼십 장 분량이나 되는 원고를 감쪽같이 집어삼킨 지 일 년도 채 안 되고 나서였다. 이 기회에 이놈의 386 구닥다리를 586 신형으로 갈아치워버리고 싶었지만 집에 컴퓨터가 두 대나 된다는 것은 생각만 해도 끔찍한 노릇이었다.

새걸 들여놓고 나면 헌것은 버리든지 필요로 하는 데를 찾아서 기증을 하든지 하는 게 순서겠으나 나는 그렇게 할 수 있을 것 같지가 않았다. 집어삼킨 삼십 장 때문이었다. 원고지로 환산하면 삼백 장가량 되고 내가 쓰고자 한 장편의 사분의 일에 해당하는 분량이었다. 분량이 문제가 아니었다. 장편이고 단편이고 간에 나는 처음 반의반을 쓰기까지가 가장 힘이 들었다. 시간도 지긋지긋하도록 오래 걸렸다. 반의반만 쓰고 나면 반까지는 훨씬 수월해지고 반에서 나머지 반은 마치 천신만고 오른 정상에서 내리막길을 타듯이 휘파람을 불며 수월하게 끝마칠 수가 있었다.

그렇게 중요한 반의반을 그놈의 컴퓨터가 감쪽같이 집어삼킨 거였다. 제조회사의 AS 사원을 불렀더니 백업을 안 해놓은 내 무지와 실수만 탓하고 가버렸다. 여기저기 수소문해서 자칭 컴퓨터 도사라는 사람도 몇 사람 불러대보았지만 살려낸 것은 불과 열 줄도 안 되는 분량이었다. 처음엔 그것도 감지덕지했다. 그런 식으로 조금씩 다 살려낼 수 있으려니 해서였다. 그러나 처음에 살아난 것 이상을 아무도 살려내지 못했다.

그 일을 계기로 그 신기한 기계에 대한 전적인 의존에서 벗어나 경계하는 마음을 품게 된 게 소득이라면 소득이었다. 수시로 백업을 해놓는다는 것도 번거로운 일이었고, 비록 기계일망정 많은 시간을 같이하는 동반자에 대한 불신은 피곤한 일이기도 해서 수작업 할 때가 그립기도 했지만 나는 내가 그 시절로 돌아갈 수 없다는 걸 알고 있었다.

백방으로 애써보았지만 그놈의 컴퓨터가 내 원고를 더는 토해놓지 않으리라는 걸 알고 나서는 도사 대신 어디서 고문기술자라도 불러대고 싶었다. 그 정도로 구슬러도 실토를 안

하면 고문을 할 수밖에 없다는 발상은 내 딴엔 꽤 그럴듯했다. 나는 안 나오던 라디오를 모르고 발길로 걷어찼더니 다시 소리가 나던 옛날 경험을 살려 그놈의 컴퓨터를 주먹으로 사정없이 쳐보기도 하고, 노크하듯이 똑똑 여기저기를 두드려도 보고, 이 웬수 덩어리야, 들입다 욕을 하면서 박살을 낼 듯이 몽둥이로 위협도 해보고 나서 다시 띄워봐도 문서 이름만 남아 있고 내용은 감감 무소식 뜨지 않았다.

이런저런 노력과 싸움에 지쳐 며칠 동안 머리 싸고 누웠다 일어나니 머릿속에 남아 있던 기억까지 완전히 날아가버렸다. 결국 일생일대의 걸작이 될 뻔한 소설은 그렇게 하여 무로 돌아갔다. 그래도 그놈의 웬수 덩어리를 폐기처분하지 못한 것은 아무리 구박을 해도 문서 작성 기능에는 하등 이상이 없었기 때문이기도 하겠지만, 네놈이 나의 피땀의 결정을 감쪽같이 집어삼켜버렸겠다! 싶은 일종의 원한 관계 때문이었을 것이다.

글쓰기의 원동력은 심장의 더운 피, 고결한 양심이라고 외눈 하나 깜짝 안 하고 말할 수 있는 몇 안 남은 구시대의 글쟁이 중의 하나인 나 같은 사람이 그까짓 기계 나부랭이하고 원한 관계를 맺다니.

그래도 기계한테 원한은 너무 인간적인 대우였을 것이다.

이번에 그 웬수 덩어리가 보인 이상은 망령이라고밖에 해석할 수 없는 것이었다. 사람대접을 해주니까 기껏 한다는 사람 노릇이 망령이었다. 몇 줄씩 잘 쳐지다가도 느닷없이 모음과 자음이 따로따로 놀기도 하고, 받침이 엉뚱한 데로 튀기도 했다. 이를테면 분명히 '가'를 쳤는데 'ㄱ'만 남고 'ㅏ'는 안 쳐졌다. 헛짚었나 싶어 몇 번을 쳐대도 마찬가지였다. 살펴보니 아주 안 쳐지는 게 아니라 여기저기 엉뚱한 데로 날아가서 딴 글자를 불구로 만들어놓는 거였다. '강'을 쳤는데 'ㅇ'이 딴 데가 붙기도 했다.

어디서 그런 오류가 발생하는지 딱히 정해진 것도 아니고, 모음이나 받침이 어디로 가서 붙는다는 방향이 정해진 것도 아니었다. 손바닥에 침 뱉어놓고 탁 치면 어디로 튕길지 아무도 모르는 것처럼 중구난방이었다. 나는 또 도사들한테 전화질을 했다. 자칭 컴퓨터 도사들도 내 말을 잘 이해하지 못했다. 그런 고장은 듣도 보도 못했다는 식이었다. 아마 노망이라는 병명을 생각해낸 것도 내가 아니라 그들 중의 하나였을 것이다. 사람의 병 중에도 망령이 제일 힘들다더니 컴퓨터의 망령도 사람을 미치게 만들었다. 이제 그놈의 컴퓨터라면 지긋지긋했다. 마침 급한 원고 때문에 쩔쩔매는 나를 딱하게 여긴 이가 있어 노트북을 빌려줬다.

노트북을 써보니 암만해도 정이 든 내 기계만 못했다. 그까짓 기계한테 정은 무슨 놈의 정, 그 속에 나의 불후의 명작이 숨어 있는 한, 아무리 버려도 아무도 안 집어갈 낡은 기계라 해도 진주를 품은 조개나 마찬가지였다. 끝까지 끼고 돌수밖에 없었다.

마지막으로 또 한번 회사에다 AS를 의뢰했다. 젊은 기술자는 기계가 어떻게 망령을 부린다는지 내 설명을 알아먹은 것 같지 않았다. 나는 할 수 없이 타자를 쳐서 그걸 보여주고자 했다. 참으로 요망하기 짝이 없는 기계였다. 두어 줄마다 한 번씩은 나타나던 그 이상한 실수를 한 페이지를 치도록 한 번도 안 저지르는 것이었다. 진땀이 났다. 게다가 타자 실력은 왜 그렇게 더디고 서툴던지 그 실력으로는 내 실순지 기계 실순지 가려내는 것도 불가능했다. 보다 못한 기술자가 말했다.

"이 컴퓨터 누가 쓰던 거예요?"

"쓰던 거 아녜요. 내 거지요. 처음부터 내 거예요."

"그럼 할머니 그 실력으로 채팅을 한단 말예요?"

뭔가 시답지 않아 하는 것도 같고 경멸하는 것도 같던 그의 얼굴에 잠시 느글거리는 호기심이 지나갔다. 다행스럽게도 그는 내가 전문적으로 글써먹고 사는 작가라는 걸 전혀 눈치채지 못하는 것 같았다. 나는 그래도 내가 꽤 유명한 작가인 줄 알았는데 그렇지도 않은 모양이다.

"채팅이 뭔지 난 그런 거 모른다우."

"그럼 게임을 즐기시나."

그는 점점 더 불손하게 능글댔다. 그러면서 능숙하게 키보드를 두들겨대더니 바이러스에 형편없이 감염됐다고 했다. 나는 부랴부랴 그 옆에 놓인 노트북을 딴 방으로 옮겼다.

"그건 뭣하러 들고 나가고 그래요?"

"바이러스에 감염됐다면서요? 옮을까봐……"

"할머니, 할머니가 이 컴퓨터 쓴다는 거 맞아요?"

청년이 기가 차다는 듯이 정색을 하고 물었다. 나도 그제서야 아차, 싶어서 피식 웃고 말았다. 내가 아무리 기계에 무지하다고 해도 컴퓨터 바이러스라는 게 공기나 접촉으로 전염하는 건 아니라는 것쯤은 알고 있었다. 그러나 바이러스라는 소리를 듣자 반사작용처럼 순간적으로 떠오른 남의 기계까지 망치게 하지 말아야지 하는 생각에 그런 실수를 저지른 거였다.

"그럼 바이러스 때문에 글자가 그렇게 깨졌을까요?"

"지금 고쳐드릴 테니까 나중에 써보면 알 거 아네요."

청년은 제가 가져온 디스켓을 내 컴퓨터 속에다 밀어넣으면서 퉁명스럽게 말했다. 이 나이에 왜 한 자루의 펜 대신 이런 거창한 기계는 써가지고 종당엔 이런 모욕까지 당해야 하는지, 생각할수록 분했다. 청년은 다 고쳤다고 말하고 나서 이 컴퓨터 할머니가 쓰는 것 맞느냐고 또 물었다. 삼세번째던가. 암만해도 내 입으로 내가 작가라는 걸 말해야 할 것 같았다.

"젊은이, 젊은이는 이런 기계를 고치는 게 직업인 것처럼 나는 이런 기계를 이용해서 글을 쓰는 게 직업이라우."

청년이 고개를 끄덕이더니 얼굴에 짙은 연민이 어렸다.

"할머니 이만한 아파트에 살면서 뭘 그렇게 힘들게 사세요. 그 타자 실력 가지고 하루에 얼마나 벌겠다구. 우리 어머니는 할머니보다 훨씬 젊은데도 자식들한테 용돈 내놓으라고 큰소리 땅땅 치면서 관광이나 다니면서 얼마나 편안하게 사신다고요."

"그러게나 말이오."

나는 나도 모르게 순순히 동의를 하고야 말았다. 실수의 연속이었다.

"난다 긴다 하는 급수 딴 타자수도 얼마나 많은데 할머니한테까지 돌아올 일거리가 있다는 게 신기하네요."

청년이 칠천원짜리 수리비 청구서를 내밀며 정말로 안됐다는 듯이 나지막한 소리로 중얼거렸다. 나도 신기했다.

진드기의 시간

사는 게 왜 이렇게 재미가 없는지 모르겠다. 희망이 없어서일 것이다. 사람들의 사는 방법이 자신에게나 이 사회에나 희망을 가진 사람들의 짓이 아닌데, 더 살면 무슨 꼴을 볼까 그 걱정 하나밖에 안 남은 늙은이에게 더군다나 무슨 살맛이 있겠는가. 이런 지면을 빌어서라도 속 시원한 소리든지 하다못해 뾰죽한 소리라도 한마디할 수 있었으면 싶지만 남들이 이미 골백번도 한 소리밖에 생각나는 게 없으니 입 밖에 내기도 전에 넌더리부터 난다.

시내에 나가려면 전철을 타는 시간이 긴지라 뭔가 안에서 읽을 만한 것을 챙겨가지고 나가는 버릇이 있는데 어제는 『재미나는 인생』(성석제, 강, 2004)이라는 제목이 붙은 책을 들고 나가게 되었다. 순전히 사는 게 너무 재미가 없어서 그런 제목이 눈에 띄었을 뿐 그 책이 나를 재미있게 해주리라는 생각 같은 건 안 했다. 오히려 "웃기겠다고 먼저 말하고 나서 제대로 웃기는 사람 못 봤네, 이 사람아" 하고 딱하게 여기는 마음은 조금 있었을 것이다.

그러나 웬걸, 단편이라고 부를 수도 없는 짧은 소설들이었는데 나는 그중의 한 편을 읽다가 그만 전철 안에서 비죽비죽 웃음을 참을 수가 없어졌다. 큰 소리로 허리를 비틀면서 한바탕 크게 웃고 싶은 걸 참는다는 게 그렇게 고통스러울 줄을 몰랐다. 그러잖아도 혼자 히죽거리고 있는 나를 사람들이 흘금대는 게 흡사 치매 늙은이 보듯 하는데 소리내어 낄낄대보라. 당장 구경거리가 되고 말 것 같았다.

나는 참을 수가 없어서 드디어 다음 정거장에서 내리고 말았다. 텅 빈 승강장 안에서 실컷 웃고 나서 다음 차까지 몇 편을 더 읽었는데, 그 안에는 웃기는 얘기만 있는 게 아니었다. 그중에서도 제일 짧으면서도 가장 섬칫한 「몰두」라는 콩트 전문을 소개하면 다음과 같다.

> 개의 몸에 기생하는 진드기가 있다. 미친듯이 제 몸을 긁어대는 개를 붙잡아서 털 속을 헤쳐보라. 진드기는 머리

를 연한 살에 박고 피를 빨아먹고 산다. 머리와 가슴이 붙어 있는데 어디까지가 배인지 꼬리인지도 분명치 않다. 수컷의 몸길이는 이 점 오 밀리, 암컷은 칠 점 오 밀리쯤으로 핀셋으로 살살 찝어내지 않으면 몸이 끊어져버린다. 한번 박은 진드기의 머리는 돌아나올 줄 모른다. 죽어도 안으로 파고들다가 죽는다. 나는 그 광경을 몰두라고 부르려 한다.

너무 짧은 글이어서인지, 시간이 남아서였는지, 나는 한술 더 떠서 한층 징그러운 상상을 하고 있었다. 몸이 끊어져버린 후에도 진드기의 입은 살아서 계속 피를 빨아댄다면 어떻게 될까. 무수한 진드기가 자신의 몸통의 제한조차 받음이 없이 욕심껏 피를 빤다면 개의 몸은 일순 피의 분수가 되었다가 곧 죽음에 이르를 게 뻔했다.

머리를 흔들어 떨쳐버리고 싶게 끔찍한 상상이었다. 다음 전철이 왔을 때 내 꼴은 아마 우거지상이었을 것이다. 짧은 글들이었지만 글이 사람을 풀어줬다 옥죄었다 할 짓은 다 한 셈이었다. 그러나 무엇보다도 그 짧은 글 중에도 우리의 천박해질 대로 천박해진 삶을 객관화시켜서 보여주는 힘이 있었다는 건, 글이 좋아서든지 세상이 하 수상해서든지 간에 반가운 일이 아닐 수가 없었다.

생각나면 그리운 땅—섬진강 유역

섬진강의 첫인상

강변 살자라는 노래 가사를 들을 때마다 섬진강을 떠올리곤 한다. 섬진강을 보기 전부터였다. 흰 모랫빛 때문이기도 했지만 그리움 때문이기도 했다. 이렇게 섬진강은 가보기 전부터 내 안에 이미지로 존재하던 강이었다. 그렇지만 저절로 이미지가 형성된 건 아닐 것이다. 내가 좋아하는 사람 중에 섬진강을 좋아하는 이들이 많았고, 그들이 섬진강의 인상을 말할 때는 딴 명승이나 절경을 말할 때하고는 전혀 다른 짠한 그리움 같은 게 배어 있었다.

내가 처음으로 섬진강과 만난 것은 지금으로부터 십칠팔

년 전쯤 될 것이다. 진주까지 볼일이 있어서 갔던 길이었다. 동행이 있었는데, 그가 하루를 더 잡아 쌍계사에 들렀다 가자고 꼬드겼다. 그는 섬진강보다는 쌍계사 벚꽃길을 더 염두에 둔 것 같았다. 마침 화창한 봄날이었다. 하동을 거쳐 화개장터까지 덜덜거리는 시외버스를 탔다. 그때만 해도 마을 사람들이 손만 들면 버스가 서던 때였다. 버스도 더디고 봄날도 더디었다. 황혼이 마냥 길게 꼬리를 끌고 도무지 깜깜해질 줄 몰랐다. 옆구리의 섬진강을 낀 길은 아마 밤새도록 그만큼만 밖에 안 어두워질 것 같았다. 멀리 가까이에서 벚꽃인지 배꽃인지 모를 흰 꽃들이 분분히 지고 있었다. 그런 희뿌염 때문에 하늘에 달이 있는지 없는지 살필 것도 없이 달밤이려니 했다. 달밤의 섬진강은 청승맞고도 개울물처럼 친근했다.

큰 강이 그렇게 사람살이와 거리감이라곤 없이 가까이 붙어서 흐르는 건 처음 보았다. 그래 그랬던가. 그쪽의 희뿌연 어둠 속엔 강 비린내와 함께 연기 냄새 같은 게 섞여 있었다. 시골 사람들은 자주 버스를 세우고 올라타기도 하고 내리기도 했다. 그럴 때마다 땅거미 같기도 하고 저녁밥 짓는 연기 같기도 한 부드러운 어둠 속에 하체를 노곤하게 풀어놓은 마을의 집들이 보였다가 사라지곤 했다.

옆구리에서 강이 떨어져나가자 본격적인 벚꽃길이 시작됐

지만 섬진강길만 못했다. 그 고장의 황혼이 그토록 길고 유정했던 것은 달빛 때문도 낙화 때문도 아니라 섬진강의 물빛, 모랫빛 때문이었구나, 비로소 알 것 같았다.

쌍계산장에서 하룻밤을 자고 다음날 시외버스 터미널에서였다. 차장들이 제각기 큰 소리로 행선지를 외치며 손님을 부르고 있었다. 그중 "으악, 으악" 하는 소리가 유난히 크게 들렸다. 세상에 으악이라는 지명도 있던가? 그러나 아무리 귀 기울여도 역시 으악이었다. 궁금한 것을 참을 수가 없어서 차장에게 으악이란 고장도 있느냐고 물었다. 차장은 피부가 검고 옷차림이 남루한 청년이었다. 그때만 해도 다들 일자리가 귀하고 지금보다 훨씬 옷도 못 입을 때였다. 생활에 지친 청년의 표정에 문득 섬광 같은 긍지가 스쳤다.

그러고는 씹어뱉듯이 말했다. "아아, 『토지』에 나오는 악양도 몰라요?" 으악은 악양이었던 것이다. 청년은 저런 여자는 무시해줘도 싸다는 듯이 더는 거들떠도 안 봤다. 나는 무시를 당하고도 짜릿한 기쁨을 느꼈다. 청년은 『토지』를 읽었을까? 나는 그때 그걸 물어보지 못했다. 그러나 그게 뭐 그리 중요하겠는가. 어떤 문학이 그 문학을 낳은 땅의 구석구석 이름 없는 촌부의 마음속에까지 드높은 자존심을 심어줄 수 있다면 그건 얼마나 굉장한, 전율스럽기조차 한 일인가.

그후 80년대엔 다시는 섬진강변을 가보지 못하다가 90년대 초부터 거의 해마다 한두 번은 그쪽으로 여행할 일이 생기기도 하고 일부러 만들기도 했다. 하동에서 왼쪽으로 섬진강을 끼고 가기는 첫번째뿐이었고, 두번째부터는 줄곧 광주를 거쳐 지류인 보성강을 끼고 가다가 섬진강에 이르러 하구인 하동까지 가는 그러니까 오른쪽으로 섬진강을 낀 길을 택했다. 그 길은 몇 번을 가도 싫증나지 않을 뿐더러 소록소록 정이 깊어지는 우리나라 제일의 예쁜 고장이라고 생각한다.

평야가 아니라 산간을 흐르는 강이건만 흐름이 급하지 않고 은빛 모래사장이 넓고, 그리고 사람 사는 아기자기한 마을을 겁주지 않고 가까이 끌어당겨 동무해서 흐른다. 마치 얕은 시내나 개울물처럼 겸손하게.

아무렇지도 않은 마을들

광주를 기점으로 해서 섬진강 일대의 오밀조밀 예쁜 마을들을 기웃거리기도 하고 쉬어가기도 하는 여행에 맛을 들인 것은, 처음에 그 고장을 그런 방법으로 안내해준 곽재구 시인 덕이다. 그 고장에서 나서 그 고장에 살고 있는 시인의 고향 사랑은 버리고 떠나고 나서 그리는 허풍과 위선이 섞이지 않은 진국스러운 것이어서 믿을 만했다. 딴사람들하고 그 고장을 여행할 때면 나도 모르게 시인의 섬진강 사랑이 옮아붙은 것처럼 그의 흉내를 내서 열을 올리곤 했다.

또한 만난 적은 없지만 섬진강 시인 김용택의 영향도 빼놓을 수 없다. 수려한 산천의 기氣가 빼어난 시인을 낳았으니 시인의 복인가? 시인으로 하여 무심한 산천이 넋과 신명을 얻었으니 산천의 영광인가? 아지 못하겠어라.

올봄 배꽃이 한창일 때도 그 일대를 여행한 일이 있건만 이 글을 위해 가을에 다시 한번 다니러 가면서 곽시인에게 전화를 걸었다. 혹시 또 한번 안내를 부탁할 수 있을까 해서였다. 시인하고 동행을 하면 다른 사람하고 갈 때보다 훨씬 더 아름답고 은근한 속내를 드러내 보여줬다고 생각되어서였다. 스스러운 집을 방문할 때, 이왕이면 잘 아는 사람하고 같이 가면 친절한 대접도 받고 떡 하나라도 더 얻어먹을 수 있을 것처럼 여겨지는 것과 같은 심정이었다.

바쁜 시인이 쾌히 승낙을 해줘서 글을 반쯤은 쓴 것처럼 마음이 놓였지만 계절적으로 좀 어중간한 게 마음에 걸렸다. 매화철, 벚꽃철, 단풍철 아니면 평야에는 신록이 싱그럽고 지리산엔 철쭉 필 때 등, 일 년 중 그 일대가 가장 아름다운 때를 골라서 다니러 가곤 했었는데 이번엔 그도 저도 아니었다. 늦더위도 가시고 궂은 날도 깨끗이 갠 상쾌한 날이었지만 단풍을 기대하기엔 아직 이른 때였다. 서울에도 짙푸른 여름의 잔영이 고스란히 남아 있는데 남쪽은 더할 것 같았다.

그러나 역시 섬진강변이었다. 푸른 들 푸른 나무들 사이로 보이는, 추수를 앞둔 논의 빛깔은 수시로 아아, 하는 감탄사가 절로 나올 만큼 아름다웠다. 우리 민족이 가장 좋아하는 빛깔이 바로 저 빛깔이 아니었을까, 싶게 그 빛깔은 단순한 심미안을 넘어 더할 나위 없이 깊은 평화와 만족감을 안겨주었다. 우리 길을 마냥 따라오는 코스모스 또한 가을 논을 바탕색으로 하여 바라볼 수 있어서인지, 그 자태가 그렇게 간드러질 수가 없었다.

보성강변에 있는 아무렇지도 않은 마을에 들렀다. 지붕은 거의 슬레이트 기와였지만 서까래와 기둥이 반듯한 정갈한 집들이 모여 있는 마을이었다. 이끼 낀 돌담을 둘러친 집도 여러 채 남아 있어서 반가웠다. 혹시 이런 집에 남아 있는 노부모가 양회담으로 고친 집이 부러워서 도시에 사는 자식들한테 아쉰 소리를 하시면 어쩌나 하는 괜한 염려도 되었다. 뫼꽃 넝쿨이 올라간 돌담 위에 걸린 낮달이 쨍하게 푸른 하늘에 번질 듯이 부드러워 보였다.

대문이 따로 없어 마당인지 길인지 분명치 않은 곳곳에 백일홍, 맨드라미, 금잔화, 봉숭아, 도라지, 깨꽃, 기생초 등이 선연하게 그러나 아무도 안 가꾸는 야생초처럼 아무렇지도 않게 피어 있다. 내 유년기의 꽃들이었다. 이름을 알 수 있어서 반가운 꽃들이었다. 이름을 안다는 건 얼마나 좋은 일인가.

그냥 들른 마을이 너무 아무렇지도 않아서인지 다음에는 목적을 정하고 갔다. 곽시인이 아는 분인데 과수원을 하면서 소설도 쓰는 나이 지긋한 어른이 사시는 목사동이라는 동네라고 했다. 미리 간다고 기별을 하지 않았으니 폐 끼칠 염려는 없지만, 한참 배를 딸 때니까 시원한 배를 얻어먹을 수는 있을 것이라고 했다. 강변길에서 한참 벗어난 그 동네 역시 고요하고 정갈하고 도처에 꽃이 피어 있고 아무렇지도 않기는 처음 동네와 마찬가지였다.

문인의 집은 비어 있었다. 돌담 위로 옆집 노인의 하얀 머리가 빈집을 함부로 배회하는 우리를 조금도 수상쩍어하는 눈치 없이 넘겨다보며 과수원에 나갔나 보다고 일러주었다.

보통 농가와 다른 건 문인의 서재였다. 옛날 문예지까지 알뜰하게 정리된 서재에는 희구당喜懼堂이라는 현판이 걸려 있었다. 그 웅혼한 필치도 예사롭지 않았지만 뜻 또한 그러했다. 덕담이나 탈속, 선禪취미를 넘어 인생 그 자체를 가감 없이 말하고 있는 것처럼 여겨졌다.

구르기를 멈춘 수레바퀴

희구당의 주인을 못 만난 아쉬움을 몇백 년은 됨직한 정정한 느티나무, 신선이 춤추는 것처럼 자유스럽고 우아하게 자란 소나무 등을 귀로에 만난 것으로 달래며 다시 강변길로 나왔다. 강은 하류로 갈수록 눈에 띄게 폭이 넓어지고 있었지만 수량은 해마다 줄어드는 게 아닌가 싶었다.

흰 모랫빛도 도처에 흙인지 자갈인지를 검게 드러내고 있었다. 바위가 부서지고 바래져서 그렇게도 희고 가는 모래가 되는 데는 도대체 몇 겁이나 걸리는 것일까. 그걸 포클레인의 우악스러운 손이 순식간에 퍼담아 시멘트와 섞어 하늘 높이 곤두세움은 파괴일까? 건설일까?

옛날 돌다리나 나무다리처럼 난간 없이 낮게 걸린 다리가 있길래 내려가보았다. 양회다리였다. 그러나 다리 한가운데서 내려다본 섬진강은 역시나 섬진강이었다. 밑에 깔린 자갈을 일일이 셀 수도 있을 만큼 투명하고, 송사리떼가 희롱하듯 노니는 것은 물풀이나 자갈이 아니라 거꾸로 잠긴 푸른 하늘위 나부끼듯 가벼운 새털구름 사이였다. 송사리도 그쯤 되면 신선놀음 아닌가.

다시 마을을 찾아 강변길을 벗어났다. 꽤 오래 희고 꾸불꾸불한 길이 산간을 파고들 듯이 이어졌다. 그리고 어느 순간 마치 가위로 실을 끊듯이 길이 뚝 끊기고 마을이 나타났다. 삼태기에 안기듯이 산에 다소곳이 파묻힌 마을이었다. 마을로 들어서는 관문처럼 우리를 막아선 것은 단아한 목조건물이었다.

함안 조씨 문중의 재실齋室이라는 표지판이 붙은 이 집은 목질의 장점을 교묘하게 살리고 그 구성의 미도 범상치 않은 드물게 보는 인상적인 건물이었다. 기둥이고 마루고 마냥 애무하고 싶게 그 나뭇결이 정답고 전체적으로도 빈틈이라곤 없었다. 건립한 연대를 보니 칠십 년 전 건물이었다. 보존 상태가 좋은 게 오래되지 않았기 때문이로구나 조금은 실망스러웠지만 그때만 해도 이런 진국스러운 목수가 있었구나 싶은 건 역시 놀라운 일이었다.

우리가 들어온 길은 정말로 더이상 이어지지 않았다. 골목으로 치면 막다른 골목 같은 마을이었다. 그러나 답답하지 않고 머무르고 싶은 마을이었다. 품격이 있으면서도 사람을 반기는 듯한 정이 느껴졌다. 마을 이름도 봉정리鳳停里라던가.

봉도 쉬어가고 싶었을까? 아니면 사로잡힌 듯 오래 머문다는 뜻일까?

돌아나오는 길가의 논들은 다들 버선 모양, 괴불 모양, 사다리 모양으로 원래 생긴 대로의 논이었고, 이미 추수가 시작된 논에선 아낙네들의 낫이 가을빛에 번득이고 있었다. 기계가 아닌 낫으로 벼 베는 걸 본 게 얼마 만인지. 논두렁에 빈틈없이 콩을 심어놓은 걸 보는 것도 오랜만이었다.

다음은 운조루雲鳥樓, 이 옛 명문가의 살림집은 그 규모에 있어서나 이름다움에 있어서나 아마 섬진강가에서 으뜸일 것이다. 그러나 몇 년 전에 여기를 들렀을 때 기와가 몹시 가라앉은 걸 보았기 때문에 아직도 그대로면 어쩌나 걱정이 되었다. 한옥에 오래 살아본 경험으로 기와를 제때제때 고쳐주지 않으면 집이 걷잡을 수 없이 퇴락한다는 것을 알고 있었다. 다행히 멀리서도 기와를 말끔히 새로 이었다는 걸 알 수 있었다. 기와장이는 구하기도 힘들지만 비용도 엄청나게 든다.

이 이름난 양반 가옥은 풍수지리적으로 금환낙지金環落地에 자리잡았다는 것으로도 유명하다. 지리산의 선녀가 섬진강으로 목욕하러 내려왔다가 떨어뜨린 금가락지가 영롱하게 빛나는 형상의 땅이라나. 그 규모로 봐서나 우수한 보존 상태로 보아서나 그 좋은 땅에서 대대로 번영을 누렸다는 건 의심의 여지가 없겠다. 지금은 어딘지 고가 특유의 쓸쓸한 적막이 감돌고 있지만 지키고 있는 안노인의 은은한 기품과 넓은 집 어느 한 군데도 눈에 거슬리는 천박한 개조의 흔적이 없는 것으로 보아 옛날 영화만은 못해도 정신의 맥은 살아 있으려니 믿게 된다.

행랑채가 보이는 사랑마루에 앉아 있으려니 마냥 쉬어가고 싶었다. 뒤틀리고 꼬이고 옹이진 채 사람 키가 넘게 자란 회양목이 이 집의 오랜 역사를 말해주고 있었다. 들에 핀 붉디붉은 꽃은 상사초란다. 잎은 지고 꽃만 있었다. 잎과 꽃이 만나지 못해 상사초란다. 만나지지 못해 상사할까? 상사하여 못 만날까? 그러나 상사하는 것들은 만날 수 없다는 것은 인간의 의식일 뿐인 것을. 문득 사랑 누각 밑에 멈춰 선 한 쌍의 수레바퀴가 보였다. 혹시 시간을 굴리다가 저기 멈춰 선 게 아닌가 싶게 운조루 안의 시간은 파문조차 없이 조용히 고여 있었다.

마지막 남은 보석 같은 땅

하동군 악양면 평사리는 누구나 알다시피 토지에 나오는

고장이다. 텔레비전으로 방영된 토지를 찍을 적에도 여기서 찍었다고 한다. 지금도 시멘트 전주를 나무처럼 위장했던 흔적이 남아 있다. 그러나 최치수네를 방불케 하는 대갓집은 보이지 않는다. 동네가 크고 넉넉해 보이는 건 사실이나, 고루 먹고살 만해 보일 뿐이다. 그러나 그건 현재의 모습일 뿐 백 년 전엔 대지주가 있었음직한 동네다. 그러고 보니 나는 지금 소설 『토지』로부터 정확히 백 년 후 바로 그 자리에 서 있지 않은가. 토지는 이렇게 시작되고 있으니

1897년 한가위.

까치들이 울타리 안 감나무에 와서 아침 인사를 하기도 전에……

최치수네의 모델이 될 만한 대지주 집이 있었는지 없었는지, 또는 있다가 없어졌는지는 그렇게 중요하지 않다. 중요성은, 작가가 만일 섬진강 유역의 땅에 만석꾼 대지주를 설정했을 때, 그가 살 집을 앉힐 자리는 평사리밖에 없다, 그래서 평사리에 오면 저절로 대지주의 아흔아홉 칸 정도는 되는 집을 찾게 된다는 데 있다.

그 정도로 평사리는 섬진강 유역의 땅치고는 드물게 가없

이 망망한 평야를 앞벌로 거느리고 있다. 그런 기름진 대평야를 농민들이 고루 소유했었다면 그야말로 농촌 이상향이었겠지만 우리 농민의 근세사에 비추어 그랬을 리는 없고, 이 땅의 지주는 평사리 아니라도 어딘가 명당자리에서 호강을 했을 것이다.

평사리의 주거 양식의 특징은 집집마다 공루라는 다락방을 두고 있다는 데 있다. 물건을 수납하는 다락이나 벽장과는 달리 공루는 대개 바깥채의 문간 옆 광이나 마루방의 천장을 이용해 바람이 잘 통하게 망루처럼 꾸며놓았다. 공루는 누구 집 공루든지 앞벌을 향해 탁 트여 있다.

공루로 올라가는 계단 밑에 얌전하게 벗어놓은 서너 켤레의 흰 남자 고무신을 보고 용기를 내어 우리 일행도 공루에 올라가보았다. 고무신이 어쩐지 작다 싶더니 여자 노인 세 분이 앉아 잡담을 나누고 있었다. 그분들은 우리가 묻기도 전에 이 동네에 들르는 사람들은 다들 최부자 집이 어디냐고 묻는데 최부자 집은 없다고 말했다.

공루 바닥은 걸레질이 잘된 마룻바닥이고 다락방이 으레 그렇듯이 일어서서 다니기엔 좀 곤란할 만큼 천장이 낮았다. 그 공루의 향은 물론 노인들의 시선도 벼가 누렇게 익어가는 망망한 들판을 보고 있었다. 장마 진 날 들판을 하염없이 적시는 빗줄기를 바라보면서 둘러앉아 뜨뜻한 수제비나 부추부침을 나누어 먹으면 행복해질 것 같은 데가 바로 공루였다.

사방에 텃밭도 있고 개울도 있고 뒷동산도 있는데 공루란 공루는 일제히 앞벌만 보고 있음은 무슨 까닭일까. 황금물결을 바라보며 먹지 않아도 배부른 만족감을 누리고자 함인가? 고된 농사철 머슴이나 소작인들이 게으름이나 피우지 않을까 감시의 눈길을 번득이고자 함일까. 노인들의 화제는 그도 저도 아니고, 올 추석에 도회지의 자식들이 다녀간 얘기, 안 다녀간 집 얘기, 자기네들보다는 아직 젊은 노인이 작년에 먼저 간 얘기 등 쓸쓸한 것들뿐이었다.

보성강을 끼고 압록에 이르러 섬진강과 만나고 구례를 거쳐 화계, 악양, 하동까지의 길은 정말로 환상적이었다. 파스텔조로 사위어가는 저녁노을을 바라보며 그날 온종일 한 번도 공장이나 고층 아파트의 회색빛 직선을 보지 못하였다는 데 생각이 미쳤다. 아아, 바로 그거였구나. 오늘 하루 누린 평화와 행복의 원인이 바로 그거였구나. 그건 소리라도 지르고 싶게 놀랍고 신선한 충격이었다.

어쩌면 그쪽에 몸 붙이고 사는 원주민들은 그런데 감동하는 외지인을 욕하고 비웃을지도 모른다. 그거야말로 이 고장이 어느 고장보다도 낙후한 증거라고. 꼭 그럴까? 모든 것은 돌고 돈다. 가장 앞서갔다고 생각되는 게 가장 처진 게 될 수도 있다. 지금 가장 낙후된 고장처럼 보이는 것이 가장 앞선 희망의 땅이 될 수도 있다. 발전이란 이름으로 만신창이가 된 국토에 마지막 남은 보석 같은 땅이여, 영원하라.

박수근 30주기전을 보고

며칠 전 박수근 30주기 기념전을 가보았다. 그가 타계한 지 삼십 년이 되는 동안 몇 번의 유작전이 있었고, 그중 두세 번은 나도 놓치지 않았다. 유작전이니까 작품 경향이나 기법의 변화가 있을 수는 없건만도 볼 때마다 느낌이 달랐다. 물론 그때그때 전시된 작품의 양이나 질이 달랐던 것은 사실이나 나의 느낌이라는 것은 그런 것을 식별하는 감식안하고는 다른 순전히 감정적인 것이었다.

내가 그의 유작전을 처음 본 게 60년대 말이었는지 70년대 초였는지는 잘 생각나지 않지만 근래의 전시회에 비해 분위기는 상당히 썰렁했었다. 하지만 그의 그림값이 너무나 비싸다는 것을 그때 거기서 처음 알고 얼마나 놀랐는지 모른다.

놀람이 지나쳐 억울하고 분해서 가슴이 아릴 지경이었다.

50년대 초, 한때 그와 한 일터에서 일한 적이 있어서 그가 얼마나 신산스럽고 굴욕적인 환경에서 싸구려 그림으로 생계를 유지해야 했나를 보아왔고, 죽는 날까지도 그림으로 호강 한번 못해보고 그저 근근이 생계를 유지해온 게 고작이었다는 걸 알고 있었기 때문에 사후에 오른 그림값이 남 좋은 일만 시킨 것 같아 억울했던 것이다.

나의 속물근성으로는 사후의 영광보다는 생전에 명성도 좀 누리고 경제적인 풍요도 좀 즐기지 못한 게 아쉽고 분해서 정작 그림은 안중에도 없었다.

그다음에 본 유작전은 20주기 기념전이었을 것이다. 대성황이었고 화집을 통해 낯익은 그의 좋은 그림들을 실지로 보는 기쁨이 각별했었다. 얻어들은 풍월이지만 그가 창출해낸 독창적인 화면이 화강암의 재질과 유사하다는 설에 끄덕끄덕 공감하기도 하면서. 그러나 여전히 도대체 저만한 그림을 하나 소장하려면 얼마가 있어야 되는지, 돈이 있다고 해도 내놓을 소장자가 과연 있기나 할까 따위 그림값과 관련된 생각을 떨치지 못했던 것 같다. 그런 생각은 그가 생전에 누리지 못한 걸로 엉뚱한 사람들이 이득을 보고 있다는 지극히 나다운 속물근성에 연유하고 있다는 것은 두말할 나위도 없겠다.

이번 30주기를 보며 행복했던 것은 처음으로 그의 그림을 소장한 사람들에 대한 시기심이나 갖고 싶단 욕심 없이 볼 수 있어서였다. 그의 그림을 천천히 둘러보는 사이에 마치 오랜 객지 생활로 상처받고 황량해진 심신으로 고향집에 돌아와 고단한 몸을 쉬다가 문득 해어져 너덜대는 벽지 사이로 드러난 흙벽의 균열을 보며, 그 구수한 냄새를 맡았을 때 뼛골까지 스며옴직한 평화와 비애를 맛보았다. 평화가 거의 완벽했던 것은 비애가 스며 있기 때문이었다.

어떤 고명한 화가가 그 방 가득히 금은보화를 쌓아놓는다 해도 거기 걸린 그림 한 점과 안 바꿀 거라는 평을 했다. 그건 이미 그의 그림이 금전적인 가치를 초월했단 소리이다. 그렇게 되면 이미 누구의 소유냐까지 초월해서 우리 모두의 것이 된 게 아닐까. 실지로 소유하는 불편함 없이도 즐기고 감상할 수 있는 기회가 우리에게 가끔이나마 주어진다는 것이 바로 그 증거이기도 하다.

그의 그림을 이렇게 편안하게 즐길 수 있었다는 것은 나이 탓도 있고, 하도 시끄럽고 번잡스러운 세상 탓도 있으리라. 그의 그림 속에는 죽는 날, 내가 이 지구상에서 하필 이 땅을 다녀가길 참 잘했다 싶어 슬쩍 미소짓고 싶을 것 같은 이 땅의 속깊은 정서의 진국 같은 게 있다. 또한 세파에 상처받지 않고는 돌아갈 고향집이 있어도 그만 없어도 그만인 것처럼, 우리 사회의 급변에 따르는 온갖 잡스러움과 부박과 가짜만 지금보다 덜했더라도, 그의 그림도 좋은 그림을 넘어 보석처럼 빛날 수는 없었을지도 모른다.

나도 이제서야 그의 한때의 극빈을 비극적으로 보지 않기로 했다. 그때를 가슴이 아리게 비극적으로 보기 시작한 것은 그가 유명해지고 나서고 그렇담 유명인에 대한 미화의 욕구가 아니었을까. 그 시절 그의 가난은 특별한 것이 아니었고 우리 민족 전체의 보편적인 것이었다. 그는 보통 사람들이 어렵게 살 때 그도 저절로 어렵게 살았고, 보통 사람들의 생활이 조금씩 피어갈 때 그도 작은 집이나마 장만했고, 그림도 돈이 되기 시작한 때를 목전에 두고 세상을 떠났을 뿐이다.

그는 철저하게 보통 사람으로 살았으니까 아마 오래 살아 지금 같은 명성을 누렸더라면 부자도 됐을 테고 파리나 뉴욕도 제집 드나들듯 했을지도 모른다. 그렇다고 예술가는 가난해야 좋은 작품을 남길 수 있다고 주장할 생각이 있는 건 아니다. 그러나 그 흔해 빠진 파리나 뉴욕은커녕 미술학교도 못 가봤고, 세계화 소리는 더군다나 못 들어봤을 그가 세계 그림 시장에서도 제값을 받을 수 있는 몇 안 되는 화가라는 것은 이 아니 유쾌한가.

3부

어린것의 손을 잡고

요원한 간극

전철 같은 데서 젊은이들의 튀는 옷차림이나 거침없는 태도를 바라다보는 것도 대중교통 수단을 이용하는 재미 중의 하나이다. 내 친구한테 들은 얘긴데 점퍼 밑으로 속셔츠가 길게 빠져나온 중학생을 보고 뒤쫓아가서 내복이 빠져나왔으니 집어넣으라고 일러줬다고 한다. 그 뒷얘기는 들으나마나였다. 처음엔 기가 막힌 듯이 째려보다가 픽 웃고 가버리더라고 했다. 바지는 땅에 질질 끌리게 입고, 티셔츠나 와이셔츠는 절대로 바지 안에 집어넣지 않아, 그 위에 걸친 윗도리 밑으로 한 뼘 이상 빠져나오도록 입는 게 요즘 청소년들의 유행이라고 할 것도 없는 기본 복장이다.

요 며칠 전엔 진짜로 튀는 복장을 보았다. 스무 살 전후의 앳된 청년이었는데 아래위를 까마귀처럼 새까만 정장을 하고 전철을 타는 모습이 특이했다. 바지엔 줄이 반듯하게 서고, 정장보다 깃이 작고 단추가 다섯 개나 달린 까만 윗도리는 전체적으로 구김살 하나 없이 윤이 나는 고급 천이었다. 다섯 개나 되는 단추를 다 잠그고, 넥타이를 매지 않고 받쳐 입은 폴라는 눈부시도록 하얘서 조금 섬찟한 느낌이었다. 들고 있는 가방도 까만색이었다. 배우들의 화장품 케이스처럼 생긴 상자형의 딱딱한 가죽가방이었는데 금속 장식이 많이 달려 있어 훈장을 주렁주렁 단 국가유공자처럼 근엄해 보였다. 자리에 앉자 반짝반짝 빛나는 역시 까만 구두 사이에다 그 가방을 내려놓았다. 나하고 정면으로 마주앉게 된 그의 표정은 마치 차인표하고 카프카를 합성해놓은 것 같았다.

나는 왠지 그가 전철 안의 안내 방송이나 잡상인들의 목소리를 듣고 싶지 않아 할 것이란 생각이 들었다. 나는 아무것에도 관심이 없고 그 무엇과도 섞이고 싶지 않다, 라는 표정이었다. 아니나다를까, 그는 딱딱한 상자형의 가방 말고 또 하나의 검정 천으로 된 손가방을 가지고 있었는데, 지퍼를 열고 이어폰을 꺼내 양 귀를 허둥지둥 틀어막았다.

다음에는 수첩보다 약간 큰 노트북을 꺼내더니 무릎에다 놓고 자판을 두들기기 시작했다. 그 크기는 내가 알고 있는 어떤 노트북보다도 작았기 때문에 그게 과연 컴퓨터인지 게임기인지 판단이 서지 않았다. 아무튼 그는 아무의 눈치도 안 보고 자기가 하고 싶은 짓을 하고 있었다.

나는 그를 바라보면서 자꾸만 웃음이 났다. 그 나이에 뭘 하는 사람인데 저렇게 바쁘게 구나? 궁금하다기보다는 겉멋만 잔뜩 들었구나 싶은 마음에서였을 것이다. 게임을 즐기고 있다고 보기에는 그 근엄한 검은 양복과 심각한 미간이 너무 안 어울렸다. 나는 그가 다음에 할 일은 핸드폰을 꺼내 암호처럼 내가 알아들을 수 없는 말을 지껄여대는 일이라고 사뭇 기대하는 마음으로 지켜보았지만 그전에 내가 먼저 내리게 되었다. 내려서 그가 앉은 뒤쪽 창으로 그의 노트북 자판에 적힌 숫잔지 영문인지를 모를 기호들을 흘끗 훔쳐보고 지나갔다.

비로소 한심한 건 나라는 생각이 들었다. 나는 왜 전철 속에서는 조는 시늉을 하든지, 멍청하게 눈을 떴다 감았다 하든지, 주간지나 신문을 뒤적여야 된다고 생각하는 것일까? 그는 젊은 창업주일 수도 있고, 컴퓨터의 천재일 수도 있고, 바쁠 것도 재미있을 것도 없는 무료한 청년일 수도 있다. 다만 확실한 것은, 그에게는 그가 전철 속에 있다는 사실이 조금도 구속력을 갖지 않는다는 것이다.

내가 아무리 젊은 척해봤자 나의 사고방식은 농경사회에 속하는 것이고, 그의 것은 정보사회에 속하는 것이다. 그 간극은 세대 차보다 훨씬 요원하다. 나는 가끔 내가 오백 년도 넘어 산 것처럼 느낀다.

상전들

중학생 아들을 둔 어떤 어머니가 방학 동안에 아들이 봉사할 만한 데가 없나 알아보러 다니는 걸 본 적이 있다. 학비나 용돈을 벌 만한 일자리가 아니라 순전히 봉사를 하고 싶다니 공부만 아는 세상에 그런 아이가 있다는 게 신기했지만 그걸 어머니가 알아보러 다닌다는 건 어쩐지 좀 이상하게 들렸다. 지난 겨울방학에 있었던 일인데 요새 그 어머니를 다시 만나게 되어 그 신통한 아들 안부를 물었더니 봉사 활동이라는 게 자발적인 게 아니라 중학교 내신 성적에 반영이 되기 때문에 부모가 그것까지 신경을 써서 챙겨줘야 한다는 걸 알게 되었다. 즉 삼 년 동안의 내신 성적 만점은 300점인데 그중에 포함되는 봉사 점수 만점은 12점이고 학년당 4점 만점을 받으려면 지난해까지는 사십 시간의 봉사 활동 실적을 증명해야 하는데 금년부터는 줄어서 열두 시간만 봉사를 해도 4점을 받을 수 있다는 것이었다.

요새 아이들이 자기만 알고 봉사 정신이 부족하다는 것은 누구나 다 알고 걱정하는 바이지만 그것까지 점수로 환산하면 고칠 수 있다는 교육 관청의 발상은 한심하다 못해 혐오스러웠다. "아니 집에서 바쁜 제 에미 도와 식탁에 젓가락 짝 하나 갖다놓을 줄도 모르는 것들이 봉사는 무슨 놈의 봉사……" 하는 욕이 저절로 나왔다.

남을 위해 자기의 주의력이나 시간, 노동력을 기꺼이 내준다는 봉사 정신은 가정에서 자기 식구들의 힘든 일을 도와주고 근심이나 걱정을 덜어주고 싶은 따뜻하고 너그러운 마음에서 비롯된다. 핏줄이 통하는 관계는 서로 입장을 바꿔 생각하기가 가장 쉬운 사이다. 엄마의 고된 일을 도와주고 싶은 생각이 저절로 우러나지 않는 아이가 길에 가는 노인네의 무거운 짐을 들어드리고 싶은 마음이 우러날 리가 없다. 우러나지 않는 일을 억지로 시키려니 점수만한 채찍이 없었나 보다. 효도나 사랑이라고 부르기도 뭣한, 사람으로 태어났으면 마땅히 지녀야 할 최소한의 사람 노릇조차도 할 필요가 없도록 만든 게 바로 그놈의 학교 점수라는 건데, 봉사 정신의 부족을 점수로써 고쳐보겠다구?

요새 부모들은 절대로 자녀들에게 일을 시키지 않는다. 남편이 가사노동 안 도와준다고 불평이 대단한 주부들도 다 큰 아들딸에게 설거지 한번 시키려들지 않는다. 설거지는커녕 자기가 먹고 난 밥그릇을 싱크대에 갖다놓는 아이들도 없다. 제 밥그릇 싱크대에 갖다놓는 일은 유치원생도 할 수 있는데 안 시킨다. 빨래는 세탁기가 해주는 세상이라고는 하지만 벗어놓은 팬티나 양말짝을 세탁기에 갖다 넣는 정도는 가족의 일원으로서의 기본적인 도리여야 하지 않을까. 식구들이 제각기 벗어놓은 자기 옷 중에서 안 빨아도 되는 것과 빨 것을 구별해서 세탁기에 갖다가 넣어만 줘도 일손이 얼마나 덜어지는지는 아마 주부 노릇 해본 이들은 알고도 남을 것이다.

너는 아무것도 할 필요가 없다. 공부만 잘하면 된다. 그게 효도라고 어려서부터 가르치니까 점수를 잘 받아오는 게 부모를 위한 최대 봉사라고 생각한다. 학교에서 돌아와 숙제하고 남는 시간은 과외 공부를 보낸다. 오로지 학교에서 조금이라도 나은 점수를 받게 하기 위함이다. 중간중간에 남는 시간이 있다고 해도 공부하는데 오죽 피곤하랴 그저 안쓰럽기만 해서 일을 시키기는커녕 잠깐 눈을 붙이든지 음악을 들으며 휴식을 취하길 바란다. 제 방에서 컴퓨터 게임에 몰두한다는 걸 알아도 컴퓨터도 공부려니 하기도 하고, 그 재미도 없이 어떻게 공부만 하랴 하고 애써 자식의 입장을 이해하려 든다.

부모도 자식에게 이해받을 권리가 있지 않을까. 남과 입장을 바꿔 생각할 수 있는 것은 인간만이 지닌 아름다운 마음씨고, 더불어 사는 세상을 제대로 돌아가게 하는 윤활유이다. 남과 입장을 바꾸어 생각할 수 있는 능력이 인간만이 지닌 품성이라고 해서 저절로 타고나는 건 아니다. 모든 좋은 능력이 다 그렇듯이 개발을 해줘야 하고, 그것도 교육의 중요한 목적 중의 하나이다. 그 능력을 계발하기 위해선 일을 시켜보는 게 가장 효율적이다. 자녀들에게 제 도시락통만이라도 제가 닦도록 시켜보라. 설거지라는 게 쉬운 일이 아니라는 것도 알게 되지만 도시락 싸는 게 얼마나 어려운 일이라는 것도 알게 된다. 밥풀이나 반찬 찌꺼기를 남기면 설거지하기가 얼마나 어려워지는지도 알게 된다.

한 가족이 각자 제 분수에 맞는 일을 분담할 때 그 가정이 얼마나 원활하게 돌아가고 서로가 이해하고 감사하고 존중하는 데 도움이 된다는 걸 체험한다는 건, 우리 사회, 크게는 이 세상이 서로가 서로에게 도움을 주고받는 관계로 짜여 있다는 걸 깨닫는 시작이 된다.

내가 이런 말을 한다고 해서 내 손자들이라도 잘 가르치고 있는 것은 아니다. 실은 내 손자들을 보고 꼴사납게 여긴 걸 이런 글을 통해 발산하고 있는지도 모른다. 같이 살지는 않지만 만날 때마다 잔소리를 많이 해서 손자들 사이에서 인기 없는 할머니다. 내가 내 딸들이나 요새 젊은 엄마들에게 기회만 있으면 하는 얘기도 아이들한테도 적당한 일을 시키라는 것과 먹을 것을 비롯한 물건을 귀하게 여기고 아끼도록 가르치라는 건데 그 두 가지는 따로따로가 아니고 실은 서로 맞물려 있다고 생각한다.

일을 해보면 모든 먹을거리나 물건들이 거저 생기는 게 아니라 누군가의 노동력의 결과라는 걸 스스로 알게 될 테고, 누군가가 놀고먹을 수 있는 것은 누군가의 노동력의 신세를 지고 있는 것과 같다는 것도 알게 될 것이다.

나는 나쁜 사람일까? 좋은 사람일까?

얼마 전 어떤 문학상 심사를 맡은 일이 있다. 주최 측에서 예선을 통과한 후보작이 실린 문예지를 보내주겠다고 했다. 열 권 가까이 될 것 같았다. 보내주겠다는 날이 이틀쯤 지나고 나서 용역 회사로부터 전화가 걸려왔다. 집의 주소랑 위치를 자세히 물어보고 나서 다섯시쯤 배달이 될 테니 그 시간에 집에 누가 있었으면 좋겠다고 했다. 그러나 저녁을 먹고 나도 책은 도착하지 않았다. 여덟시가 넘어서 전화가 왔다. 책 받았느냐는 용역 회사로부터의 전화였다. 아직 못 받았다고 했더니 자기가 배달한 본인인데 집에 아무도 없는 것 같아서 경비실에 맡겼노라고 했다. 내가 쭉 지키고 있었는데 아무도 없었다는 것도 이상했지만, 누가 뭘 맡기고 가면 보관하고 있다고 연락하든지 올려다주는 게 우리 아파트 경비실 아저씨들이 일상적으로 해주는 일이라 암만해도 뭐가 잘못된 것 같았다.

전화를 끊지 말고 기다리라 이르고 경비실로 내려가보았다. 짐작한 대로 맡아놓은 짐은 없었다. 잘못 배달된 게 틀림없었다. 우리 아파트에서 건너다보이는 동네에도 우리 아파트하고 이름이 같은 아파트 단지가 또하나 있다. 그러나 우리 동네는 방이동이고 그 동네는 오금동이었다. 수취인의 주소만 제대로 알고 있어도 그런 실수를 할 리가 없었다. 어디 사는 누구에게 배달을 해야 하나부터 똑똑히 알고 출발해야 하는 것은 심부름을 맡은 사람이 지켜야 할 기본 원칙 아닌가. 헷갈릴 일이 따로 있지, 오전에 전화로 재확인까지 한 생각을 하면 더군다나 있을 수 없는 착오였다.

나는 아직 끊지 않고 기다리고 있는 직원에게 짐이 배달되지 않은 사실을 알리고 그가 배달했다는 곳을 자세히 캐물어보니 오금동에 있는 이름이 같은 아파트에 배달한 게 틀림이 없었다. 그도 마지못해 동네 이름을 확인 안 하고 아파트 이름만 보고 배달한 실수를 인정했다. 그러나 그가 실수를 인정하는 태도는 나를 매우 불쾌하게 했다. 그 집에 주인만 있어도 그 자리에서 잘못 배달된 걸 알았을 텐데 마침 부재중이라 그런 실수를 하게 됐다며, 내가 마치 그 부재중인 주인이었던 것처럼 투덜대 마지않더니 나중엔, 자기는 이왕 퇴근을 해서 집에 와 있으니 가까이 사는 내가 가서 찾아오면 어떻겠느냐는 거였다.

두 아파트 단지가 서로 바라보이는 거리에 있는 건 사실이나 우리집에서 거기까지 가려면 큰길로 나가서 지하도를 대각선으로 건너서 상가 뒷골목 쪽으로 몇 번 꼬부라져야 한다. 이십 분은 걸리는 거리였다. 가는 건 그렇다 치고 올 때는 열 권 정도의 책을 들고 와야 된다. 이 밤중에, 이 나이에, 요새 문예지는 두껍기는 또 얼마나 두꺼운데.

그때까지 상냥하게 굴던 내 목소리가 걷잡을 수 없이 높아졌다. "지금 누가 누구에게 심부름을 시키고 있는 거냐? 잘못 배달한 걸 알았으면 즉각 시정을 해야 임무가 끝난 것이지, 임무가 안 끝났는데 어떻게 퇴근을 했다고 할 수가 있느냐? 오늘 안에 배달을 해달라. 내가 급해서가 아니라 당신들의 올바른 직업의식을 위해서다." 대강 이런 소리를 흥분으로 갈라진 째지는 듯한 고음으로 말했다. 그제야 상대방은 좀 풀이 죽은 소리로 알았다고 말하고 전화를 끊었다.

그때가 아홉시도 안 됐을 때였는데 그 책꾸러미가 나에게 배달된 시간은 열한시가 다 돼갈 무렵이었다. 어쩐지 어눌하고 이치에 안 맞게 군다 싶더니, 심부름꾼은 뜻밖에도 소년이었다. 크고 맑은 눈에 원망이 서려 있었다. 얼굴은 십오륙 세쯤 돼 보이는데 키가 작아 초등학생처럼 보였다.

"할머니, 해도 정말 너무하십니다. 거기서 여기 오자고 제가 어디에서 온 줄 아십니까."

"하, 학생 집이 어 어딘데……"

나는 더듬거리며 물었다. 소년은 지친 시늉으로 한숨을 한 번 길게 쉬어 보이고는 암말 없이 가버렸다.

그의 집은 어디일까? 떨리는 마음으로 일산, 부천, 광명, 구로동, 독산동, 가리봉 등등…… 우리 동네와는 반대 방향의 먼 동네 이름을 두서없이 떠올리느라 붙잡아 교통비라도 보태줄 생각도 못했다.

그날밤 나는 잠을 못 잤다. 소년의 뇌리에 생전 잊히지 않는 악의 화신으로 각인돼 있을 내 모습도 내 모습이려니와 구구절절 자신만만하고 이치에 어긋남이 없는 나의 설교조의 고음까지 귀에 쟁쟁하여 진저리가 쳐졌다.

생각을 바꾸니

나는 노래를 잘 못한다. 잘 못한다고 하면 조금은 하는 것 같지만, 음정을 못 맞춘다는 자의식이 워낙 강하기 때문에 남 앞에서 노래를 불러본 적이 학교 다닐 때 음악 시험 때 말고는 거의 없었던 것 같다. 노래를 못 부르면 불편한 점이 이루 말할 수가 없이 많다. 예전엔 무슨 모임이 노래자랑으로 이어질 만하면 슬그머니 뒤로 꽁무니를 빼곤 했는데 근래에는 노래방이라는 게 생겨 거기까지 안 따라가면 되기 때문에 그나마 다행이다.

그러나 딱하게도 듣는 음악까지 싫어하는 건 아니어서 집에서 혼자 음악을 들으며 이 세상에 태어난 걸 행복해하기도 하고, 산다는 것의 덧없음에 눈물지을 적도 있다. 또 나는 노래를 못한다고 미리 양해를 구하고 따라가본 노래방이란 데도 신나고 즐거웠다. 잘 부르는 노래에 장단도 맞춰주고, 박수 치고 즐거워해주기만 해도 구박은 안 받게 된 것은, 세상이 온통 마이크만 잡았다 하면 놓기 싫어하는 사람들 천지가 되고 말았기 때문일 것이다. 국민 가수라는 소리가 나올 만큼 제각기 자신 있는 레퍼토리를 음반 한 장 분량은 갖고 있는 터에 뭣 하러 못 부른다는 사람까지 마이크 앞으로 끌어내겠는가.

노래방을 좋아한다고까지는 못해도 노래를 시키면 어쩌나 하는 경계심은 안 품어도 되는 편한 장소로 여기고 있었는데 일전에 따라가본 노래방은 그게 아니었다. 어떤 모임 끝에 인사동에서 저녁을 먹고 들어오는 길에 몇 사람이 노래방으로 빠졌는데 나도 거기 끼게 됐다. 집이 같은 방향이어서 차를 얻어 탈 수 있는 이가 그쪽으로 붙기에 나도 자연스럽게 그쪽으로 합류하게 된 것이었다. 그러나 그 일행은 내가 노래도 안 하면서 거기 끼어 앉아 있다는 걸 참을 수 없어 했다. 그렇다고 슬그머니 빠져나오려는 것을 묵인해주는 것도 아니었다. 처음에는 좀 짓궂은 사람들한테 걸렸구나 하는 정도로 참아내려고 했는데 점점 집요하게 온갖 수를 다 써가며 남의 자존심을 건드렸다. 그들은 그런대로 재미가 있을지 몰라도 당하는 쪽에선 고문과 같았다. 나중에는 참다못해 "느네들한테 노래할 자유가 있는데 나한테는 왜 안 할 자유가 없냐?" 하고 외치고 말았다.

너무 진지하게 외쳤던지 나름대로 흥청거리던 분위기가 일순 서먹해지고 말았다. 그제서야 아차, 싶었지만 한번 뱉은 말은 주워담아지는 게 아니었다. 나는 나의 유치함에 치가 떨려 어쩔 줄을 몰랐다. 그 고약한 기분은 다음날까지 계속됐다. 7, 80년대를 찍소리 한마디 못하고 살아남은 주제에 고작 노래방에서 웬 자유씩이나. 그 생각만 하면 창피하고 혐오스러워 닭살이 돋을 것 같았다.

그런 자기혐오는 나는 왜 노래도 못할까? 하는 열등감으로 이어져 온종일 우울했다. 그러고 있는데 고등학교 동창한테서 오랜만에 전화가 걸려왔다. 왜 목소리가 그 모양이냐고 먼저 이쪽의 우울증을 짚어내기에 "나는 왜 노래도 못할까?" 하면서 하소연을 시작했다. 친구는 딱하다는 듯이 "네가 노래까지 잘하면 어떡허게" 라고 말하는 게 아닌가. 나는 그 간단한 한마디를 뛸듯이 반기며, 정말 그렇게 생각하느냐고 재차 확인까지 했다. 기분이 단박 밝아졌다. 노래도 못한다고 생각할 적엔 나 같은 건 이 세상에서 무용지물과 다름없더니, 노래까지 잘하면 어떡하느냐는 소리를 들으니까, 노래만 빼고 내가 잘할 수 있는 게 줄줄이 떠올랐다.

십 년 전 참척을 당하고 가장 힘들었던 일은 '왜 하필 나에게 이런 일이 일어났을까?' 하는 원망을 도저히 지울 수 없는 거였다. 원망스럽기만 한 게 아니라 부끄러움까지 겹쳤다. 저 여자는 무슨 죄를 많이 지었기에 저런 일을 당했을까? 수군거리면서 손가락질들을 하고 있는 것 같았다. 세상이 나만 보고 흉보는 것 같아 두문불출하고 있어도 하늘이 부끄럽고 땅이 부끄러웠다. 슬픔보다 더 견딜 수 없는 게 원망과 치욕감이었다. 하늘도 부끄럽고 땅도 부끄러워 이 세상에서는 도저히 피할 곳이 없으니 차라리 죽고 싶었다.

그때 만난 어떤 수녀님이 이상하다는 듯이 나에게 질문을 던졌다. "왜 당신에게는 그런 일이 일어나면 안 된다고 생각하느냐?"는 질문이었다. 그래, 내가 뭐관대 누구에게나 있을 수 있는 일을 나에게만은 절대로 그런 일이 일어나면 안 된다고 여긴 것일까. 그거야말로 터무니없는 교만이 아니었을까. 그 수녀님은 아직 서원도 받기 전인 예비 수녀님이었다. 그러나 학덕 높은 현자보다도, 깨달음의 경지에 다다랐다고 일컬어지는 성직자보다도 더 깊은 가르침을 나에게 주었다. 그건 깊다기보다는 아마 적절한 가르침이었을 것이다.

한마디 말이 천 냥 빚을 갚는다는 말도 있지만 말의 토씨 하나만 바꿔도 세상이 달라지게 할 수도 있다. 손바닥의 앞과 뒤는 한몸이요 가장 가까운 사이지만 뒤집지 않고는 볼 수 없는 가장 먼 사이이기도 하다. 사고의 전환도 그와 같은 것이 아닐까. 뒤집고 보면 이렇게 쉬운걸 싶지만, 뒤집기 전엔 구하는 게 멀기만 하다.

잔소리꾼 할머니가 손녀에게

사랑하는 시내에게

어제는 참 즐거웠다. 네 덕에 할머니가 모처럼 호강했다. 요새 젊은 엄마 아빠들은 야유회 갈 때 제 자식만 데리고 오붓하게 가고 싶어하지, 늙은 부모 생각하는 세상이 아니지 않니. 네가 할머니도 같이 가야 한다고 졸랐다니 기특하구나. 어제 너희들하고 같이 어울리면서 가족이란 아무리 가끔 만나도 역시 가족이로구나 싶었고, 아무리 같은 핏줄이라도 자주 만나지 않으면 멀어질 수밖에 없다는 생각 또한 들더구나.

이 두 가지 생각은 서로 상반되는 것 같으면서도 실은 같은 거였다.

시내, 네가 뛰어노는 걸 보고 있으려니 어쩌면 어렸을 때의 느이 고모하고 그렇게 닮았는지, 네 동생 슬기는 또 어떻구, 그 녀석은 영락없이 느이 애비 어렸을 때야. 이 할미는 느이들이 목마를 타면서 머리카락을 풀풀 날리는 모습을 멀찌감치서 지켜보면서 나도 모르게 내가 젊은 엄마가 된 기분이 되고 말았지 뭐니? 정말 핏줄은 못 속인다더니 솔잎 떨어진 나무에서 솔잎 나고, 은행잎 떨어진 자리에서 은행잎 나듯이 늙은이는 떠나도 아주 떠나는 게 아니라 자신의 닮은꼴에게 자리를 내주기 위해 떠나는 거로구나 싶더구나.

그렇지만 너희는 새로운 너희들일 뿐, 나나 느이 할아버지가 아니고, 네 에미나 애비하고도 다르다. 이 할미가 너의 모습에서 고모를 찾아낸 것은 고모가 아니라 바로 내 모습이었을지도 모르겠구나. 왜냐하면 고모는 나를 빼다박은 듯이 닮았다고들 했으니까. 고모의 딸 그러니까 네 사촌한테서도 이 할미는 고모의 소녀 적을 보고 또한 나의 지난날을 본단다. 그건 아마 느이 외할머니나 외할아버지도 마찬가지일 것이다. 너희들 안에서 그들 자신의 모습을 발견하고 신기해하기도 하고 흐뭇해하기도 할 것이다. 자식이, 손자가, 증손자가, 뿌듯한 보람이요 찬란한 경이인 까닭도 바로 그런 데 있는 게 아니겠니. 마치 흐르는 물처럼 자신의 일부가 새로운 것을 받아들이면서 영원히 늙지 않고 이어지고 있다고 믿고 싶은 거지.

그러나 너희들에게 내 일부를 나눈 것은 생물학적인 조건일 뿐 내 뜻하고는 상관이 없는 거였다. 콩 심은 데 콩 나고 팥 심은 데 팥 난다는 말도 있듯이 무심한 식물도 그렇게 해서 종족이 이어져내려오고 삶의 목적이 온통 종족 보존에 있다고 해도 과언이 아닌 게 생물계의 모든 현상 아니니?

그러나 시내야, 어린 너에게 이런 말 해서 잘 알아들을지 모르지만 인간은 자식을 통해 이어지기를 바라는 게 단지 핏줄만이 아니라는 걸로 다른 동물이나 식물하고 구별된단다. 생각, 뜻, 경험 그런 것까지 이어지기를 바라는 것이지. 인간만이 가진 문자, 문화, 역사라는 게 뭐겠니? 바로 그런 욕망의 소산 아니겠니.

시내야, 할미가 왜 이런 소리를 하는지 너도 조금씩 짐작이 갈 줄 안다. 그날 우리는 점심 먹을 때까지만 즐거웠고 그 후엔 서로 뭐가 잘 안 맞아 삐거덕거렸었지. 할미가 나잇값도 못하고 너희들한테 너무 잔소리를 해싸서 그때 너의 부어오른 얼굴이 지금도 눈에 선하다. 넌 아마 속으로 괜히 할머니하고 같이 가자고 졸랐다고 후회를 했을 테지. 아니라고 변명할 필요는 없다. 할미도 그 정도의 눈치는 있으니까. 그래서 말인데, 그 좋은 날 할미가 너희들한테 잔소리를 너무해서 네 에미까지 시무룩하게 만든 건 너희들이 특별히 버르장머리 없는 아이여서는 아니었다. 너희들은 다들 요새 보통 아이였는데도 내가 그걸 못 참고 일일이 간섭하고 야단도 친 것은, 요새 보통 아이들에 대한 내 불만이 쌓여 있었기 때문이었는지도 모르겠다.

나는 요새 아이들이 너무 참을성이 없고 물건 아까운 걸 모르는 게 싫어서 어떻게든지 고쳐주고 싶었는데 너희들도 똑같더구나. 점심 먹고 나서 준비해간 음료수가 뜨뜻미지근하다고 먼저 불평을 터뜨린 건 우리 시내였던가? 슬기였던가? 아무튼 둘이 똑같이 당장 찬 것을 못 먹으면 죽을 듯이 호들갑을 떠니까, 즉시 애비 호주머니에서 돈이 나오고 너희들은 우르르 달려가서 자동판매기에서 찬 음료수 깡통을 빼오더구나. 그러더니 한두어 모금 마시고는 그만이었지. 나머지를 에미 애비가 억지로 마시는 걸 보니 어찌나 밸이 꼴리던지. 뭐라구? 할미도 그게 마시고 싶어 밸이 꼴렸냐구? 그걸 말이라고 하냐? 할민 그 들척지근한 음료수 안 마시는 지가 벌써 언제부터라구.

그때까지는 그래도 꾹 참고 암말 안 하고 있을 수가 있었다만 그다음엔 정말 못 참아주겠더라. 그때 너희들은 또 애비한테 돈을 타가지고 놀이기구가 있는 곳으로 달려가면서 깡통을 찌그러뜨려가지고 서로 축구공 차듯이 주거니 받거니 발장난을 치더니 놀이틀 앞에 가서는 그냥 표 사는 줄에 서버리고 말더구나. 그때 할미가 달려가서 깡통 주워다가 쓰레기통에 넣지 못하겠느냐고 야단을 칠 때, 이 할미 얼굴이 너무 무서웠었나보지? 시내 너는 곧 울상이 되고 슬기가 마지못해 그 깡통을 쓰레기통에 넣고 왔지.

그 무슨무슨 랜드인가 하는 요란스러운 놀이터에는 우리가 버린 깡통 말고도 여기저기 깡통과 휴지들이 함부로 버려져 있었는데 슬기는 그중에서 제가 차버린 깡통만 용케 골라서 갖다버리더구나. 뭐가 그렇게 억울한지 얼굴이 우거지상이 돼가지고 말이다. 그런 슬기도 못마땅했지만 그 정도의 꾸지람에 울상이 되는 너도 실은 마땅치가 않았다. 느이 에미 애비가 너무 오냐오냐해서 키운 것 같아서이다. 야단칠 것은 의당 야단을 쳐야지. 학교만 보낸다고 교육이 다가 아니거든.

그리고 시내야, 그 정도의 야단은 길 가는 아이한테도 이 할미는 거침없이 친단다. 괜히 왜 야단을 치느냐고? 설마 괜히야 야단을 칠라구. 할미는 공중도덕을 안 지키는 어린이가 제일 싫거든. 너희 에미 애비 세대에 대한 가장 큰 불만도 자식한테 과외 공부나 온갖 예능 교육에만 남에게 빠질세라 열을 올리지, 더불어 사는 사회의 기본적인 인간의 도리인 공중 도덕을 가르치는 데는 등한하고 무신경하다는 거니까. 바로 제가 먹은 음료수병 하나도 쓰레기통에 넣을 줄 모르는 행위가 그 본보기지. 그런 아이를 보면 남의 아이라도 이 할미는 꼭 불러 세워서 자기가 버린 것을 줍게 한단다. 그건 남이야 뭐라든 이 할미의 인간 노릇이니까. 마치 어린이가 신호등도 없는 건널목을 혼자 건너려고 할 때 남의 아이, 내 아이 가릴 것 없이 손잡고 안전하게 건네주는 게 어른의 기본적인 사람 노릇이듯이 말이다.

그리고 이왕 말이 난 김에 말인데 너희들은 왜 그렇게 뭘 타는 것하고, 게임을 좋아하니? 돈 내고 아찔아찔한 걸 타고 즐기는 거나, 게임을 하는 것은 도시에서도 얼마든지 할 수 있고, 집안에서 하는 컴퓨터 게임이라는 것도 있지 않니. 그 무슨무슨 랜드라는 데서는 시간이 곧 돈이더구나. 애비 주머니에서 돈이 마냥 흘러나가는 게 그렇게 아깝더냐구? 녀석, 말버릇하고는…… 그럼 아깝잖구, 할미는 물을 헤프게 쓰는 것만 봐도 아까워서 잔소리가 나오고 마는 성민데 그럼 애비 주머니에서 돈이 물보다 더 헤프게 흘러나가는 걸 보고 마음이 편할 리가 있나. 그러나 마음이 불편하고 섭섭했던 것은 돈 때문만은 아니었단다. 나도 좀 나서고 싶었나보다.

나는 너희들이 야외로 나간다기에 밥은 유원지나 식당에서 먹더라도 시간을 보내는 것은 자연과 더불어 보내게 될 줄 알았다. 반나절이나 애비 차를 타고 간 너희들이 또 탈것하고만 즐기려 들 줄은 몰랐던 거지. 그 유원지 근처엔 보리가 패는 들판과 나무가 무성한 예쁜 동산도 많은데 말이다. 나는 너희들 손잡고 들판도 거닐고, 동산에도 오르면서 실력 발휘를 하고 싶었다.

할미 실력이라야 별것 있겠니. 너희들보다는 많이 나무와 나물과 들꽃에 대해서 알고 있는 것이지. 이 키 작고 노란 꽃은 애기똥풀, 이 키 크고 노란 꽃은 달맞이꽃, 이 보라꽃은 무릇꽃, 이 지천으로 피는 하얀 꽃은 망초꽃, 이건 엉겅퀴꽃, 이건 며느리밑씻개…… 이렇게 꽃의 이름은 물론 그 꽃에 얽힌 설화도 가르쳐주고 싶었단다. 그리고 이제 좀 쇠기는 했어도 그 특징은 더욱 뚜렷해진 취나물, 삽주나물, 고사리, 질경이 등나물에 대해서도 아는 척을 하고 싶었고, 이 냄새는 송홧가루 냄새, 이 냄새는 밤꽃 냄새 하고 보이지 않는 숲의 향기까지 너희들이 맡을 수 있도록 하고 싶었단다.

그뿐인 줄 아니? 지금쯤은 흙이 부드러운 산속의 오솔길에서 아이들 손가락 굵기로 뽕뽕 뚫려 있는 구멍을 발견할 수 있는 계절이기도 하지. 그건 십중팔구 땅속에 살던 매미의 유충이 우화羽化하기 위해 나무로 기어오르려고 뚫은 구멍일 거야. 매미가 한철 울기 위해 얼마 동안이나 깜깜한 땅속에서 보내는 줄 아니? 적어도 오륙 년 길게는 십몇 년까지 땅속에서 굼벵이로 보내는 매미도 있단다. 가슴이 찐해지지 않니?

땅속에는 어찌 매미의 유충뿐이겠니. 온갖 버러지와 미생물과 우리에게 맑은 공기와 시원한 그늘을 주는 모든 나무들의 뿌리를 생육하고 있는 게 땅이라는 걸. 인간이 아무리 높이 날고, 아무리 높이 벽돌을 쌓아올릴 수 있다고 해도 결국은 땅에 몸 붙이고 사는 생명에 불과하다는 걸 느끼는 것은 얼마나 경건하고 기쁜 일인지, 그리고 필요한 일인지, 너희에게 가르쳐주고 함께 느끼고 싶었단다. 너희들에게 어려서부터 길들여진 기술이나 기계에 대한 친화감 대신 자연에 대한 친화감을 가르쳐주고 싶었단다.

너희들도 어른이 돼가면서 자연히 놀이틀에 대한 흥미보다는 바다나 산 등 자연을 상대로 하는 스포츠를 즐기게 되리라는 걸 나는 안다. 할미로서는 감히 꿈도 못 꿀 높은 산을 정복하게 될지도 모르지. 그러나 나는 자연에 대해서만은 정복이라는 말이 싫다. 적대감 경쟁의식 그런 게 느껴져서이다. 그래서 어른 되기 전에 자연에 대한 공경과 친화를 먼저 가르쳐주고 싶은 거였다.

이 기계문명 시대에 그게 무슨 소리냐고 할지도 모르지만 나이 먹은 사람의 경험으로는 기계를 연구하고 발전시켜 더 빠르고 더 정밀하게 만들려는 욕망에는 사람을 지치고 교만하게 만드는 속성이 있는 반면, 자연을 관찰하고 친해지는 과정은 사람을 한없이 부드럽고 겸손하게 그리고 평화롭게 만들거든. 그래서 아무리 장차의 희망이 과학자나 예술가라 하더라도 자연에 대한 공경과 친화감을 인품의 기본으로 깔고 있지 않으면 크게 될 수는 없다고 이 할미는 생각하고 있단다.

다시 한번 이 할미를 너희들의 야유회에 초대해주렴. 그리고 이 할미에게도 실력 발휘할 기회를 주려무나.

너희들을 사랑하는 잔소리꾼 할미가.

되돌아온 말

우리가 흔히 말하는 복福이라는 것에 대한 거부감 때문에 "새해 복 많이 받으세요"라는 인사말 말고 더 듣기 좋고 뜻깊은 신년 인사는 없을까 더러 궁리해본 적도 있지만, 막상 인사를 나누어야 할 자리에 가면 그 말이 가장 자연스럽게 나온다. 정초에 걸려온 전화에서 상대방이 얼른 그 소리를 먼저 하고 나면 내가 먼저 할걸 싶기까지 한 걸 보면 오래 길들여진 말은 그 뜻을 꼬치꼬치 따질 것 없이 그냥 튀지 않고 무난해서 좋은 것 같다.

작년 연말이지만 실은 며칠 전의 일이다. 나갔다 들어오면서 보니 현관 문고리에 조리가 한 쌍 매달려 있었다. 댓개비나 싸리로 만든 재래식 조리도 아니고, 철사나 플라스틱으로 만든 신식 조리도 아니었다. 손으로 만지니까 쉽게 바스러지는 풀로 엮은 가볍고 조잡한 거였고 크기도 사용할 수 있는 조리보다 훨씬 작은 장난감 같은 거였다. 나는 속으로 판촉물치고는 너무 무성의한 거라고 생각했다. 상가에 새로 입주한 상인들이 인사장과 함께 병따개나 컵 따위를 문밖에 놓고 가는 일은 흔히 있는 일이다. 그러나 두 개의 조리를 맨 분홍끈에는 그것을 놓고 간 상점의 소재를 알리는 아무런 표시도 붙어 있지 않았다. 그제야 아아, 복조리구나 싶었다. 홍안의 씩씩한 소년의 얼굴도 떠올랐다. 연말에 복조리가 들어와본 지가 얼마만인지 몰랐다.

나는 거의 이십 년 전 일을 생각하고 있었다. 한옥에 살 땐데 연말이면 안마당에 복조리가 떨어져 있곤 했다. 신문 배달하는 소년의 짓이었다. 용케 지붕에 얹히지 않고 마당까지 넘어들어왔구나 싶어 소년의 건강한 팔심에 절로 웃음이 나곤 했다. 소년은 나중에 조리값을 받으러 와서도 값을 잘 말하지 않고 알아서 달라는 식이었다. 물론 싸리로 튼튼하게 엮은 실용적인 조리였고 우리집뿐 아니라 이웃들은 다들 실제의 조리값보다 넉넉히 주는 것을 기쁨으로 알았다. 신문 배달 하면서 학교 다니는 소년에게 조금이나마 격려가 되었다는 기쁨이 곧 복이었던 것이다.

그것이 복조리구나 싶으니 아무리 무성의하게 만든 조잡한 거라도 거두어들이지 않을 수가 없었다. 하긴 세상이 편해져 조리질할 일이 없어졌는데 실용성을 따져 무엇 할 것인가. 요새는 신문 배달도 소년들이 하지 않고 아주머니들이 하건만 나는 어쩐지 소년이 그 값을 받으러 올 것 같았다. 아니나 다를까 이삼일 후에 조리값을 받으러 나타난 건 소년이었다. 해맑고 깨끗하게 생긴 미소년이었다.

나는 하도 소년이 예뻐서 잔소리가 하고 싶어졌다. 이번이 처음이니까 봐주는 거지만 이다음부터는 그러지 마라, 아무리 조리질을 별로 안 하는 세상이지만 걸어놓고 보아도 흉하지 않을 정도의 모양새라도 갖춘 물건을 사라고 해야 할 게 아니냐는 식의 설교를 하는데 소년은 내 말의 중툭을 자르며 말했다. "오천원만 주세요." 우리 아파트 집집마다 다 걸어놓고 간 거니 한 집에 천원쯤을 생각하고 한 짓이려니 했는데 오천원이라니, 나는 더욱 흥분해서 설교를 계속했다. 그 값 받아도 떼돈 벌 건 아니란 건 알지만, 그렇게 터무니없는 값을 부르면 누가 사겠느냐, 적당한 값을 받고 많이 파는 게 너한테도 좋을 것이다. 돈은 노력한 만큼 벌어야 한다는 것은 작은 돈이라고 해서 예외가 되는 것은 아니다. 특히 이것은 아무짝에도 쓸데없는 복조리가 아니냐? 기쁘게 주고받도록 하는 게 파는 사람으로서의 최소한의 지킬 바가 아니겠느냐는 식의 빤한 잔소리였다.

실은 그런 말을 하는 동안은 내 설교가 얼마나 돼먹지 않은 소리라는 걸 모르고 있었다. 그걸 안 건 그 소리가 전혀 먹혀들지 않고 있다는 걸 느끼고 나서였다. 소년은 전혀 듣고 있지 않았다. 어디 개가 짖느냐는 식의 귀찮고 권태로운 얼굴로 천원짜리 한 장으로 허리를 두른 천원짜리 넉 장을 손가락 사이에 끼고 장난을 치고 서 있었다. 나는 곧 입다물고 서둘러 안으로 들어와 만원짜리를 꺼내가지고 나갔다. 오천원짜리도 있었지만 소년을 실망시키지 않으려면 그애가 준비한 거스름돈에 맞춰야 할 것 같아서였다. 나는 소년에게 질렸을 뿐 아니라 아부까지 하고 싶었던 것이다

그후에도 그 조리만 보면 내 돼먹지 않은 설교가 그 안에서 새어나가지도 못하고 고여 있는 것 같아 치워버리고 말았다. 소년이 말대답을 안 하고 간 것만 고마워해야 될지도 모르겠다. 만일 소년이 여보슈 우리가 한탕주의를 누구한테 배운 줄 아슈 하고 대들었으면 어쩔 뻔했나 싶기도 하다. 차라리 소년이 아무것도 안 들었다고 생각하는 게 편하다.

내가 쓴 언어는 권선징악적인 동화와 위인전과 순정소설을 읽으면서 자란 세대에나 써먹을 언어이지, 키보드를 두드

리며 전자 게임을 즐기면서 자란 세대한테는 어림도 없는 수작이라는 깨달음이 정초부터 나를 우울하게 한다.

교감

오랜 가뭄과 심한 황사현상 끝에 안개비가 오다 말다 하던 날이었다. 비 같지도 않은 비라 손자하고 산책을 가면서 우산을 쓰지 않았다. 어린것의 손을 잡고 급한 일 없이 어슬렁거리는 것도 노후의 조용한 낙 중의 하나이다.

아이의 손은 어쩌면 그렇게 방금 움튼 새순과 닮았는지 아이의 이런 새순처럼 작고 부드러우면서도 힘찬 생명력을 감지하고 있노라면, 늙음이 아무리 흙으로 돌아갈 날만 남겨놓고 있다고 해도 그다지 서럽거나 허망할 것도 없을 것 같아 슬그머니 유쾌해지곤 한다.

아이는 촉촉해진 제 머리카락을 만져보고 나서야 비로소 비가 오고 있다는 걸 알았는지, 내 손을 놓으면서 길가 추녀

끝으로 들어가 비를 피하려 들었다. 나는 아이한테 그냥 비를 맞으면서 가자고 했다. 감질나게 인색한 비였지만 그래도 땅을 축이면서 풍겨오는 흙냄새는 제법 강렬하고 싱그러웠다. 그러나 아이는 비 맞으면 안 된다고 했다. 왜?라는 내 물음에 아이는 엄마가 비 맞으면 대머리 된다고 했는데 할머니는 그것도 모르냐고 반문을 했다.

매스컴에서 중국의 온갖 공해 물질이 함유된 황사와 산성비에 대해 연일 겁을 줄 때라, 아마 즈이 에미는 어린것이 그런 비를 안 맞도록 그렇게 겁을 준 모양이다.

그러고 보니 길에 가는 사람들도 비를 태연히 맞는 사람보다는 하다못해 신문지로라도 머리만은 가리고 가는 사람이 많았다. 기다리던 비를 보통 '단비'라고 말하지만 비가 우리 몸에도 달다고 생각하는 사람은 이제 거의 없는 것 같다. 그럼에도 불구하고 우리는 비를 간절히 기다렸고, 그래도 간간이 내린 비로 인하여 강물은 마르지 않았고, 산과 들은 꽃 피고 잎 돋았고, 한차례의 넉넉한 비로 농사 걱정을 덜게 되었다. 인간이 비 맞기를 꺼린다고 해도 자연이 비 없이 생명력을 유지할 수 있으리라고는 상상도 할 수 없는 일이다.

문득 어릴 적 생각이 났다. 가뭄 끝에 오는 단비건, 나리는 장맛비건 비는 '온다'가 아니라 '오신다'였다. 누구한테도 존댓말을 쓸 필요가 없는 집안의 가장 웃어른인 할아버지까지도 비한테는 존댓말을 쓰셨기에 어린 마음에도 비는 인간의 서열을 초월한 외경의 대상이었다. 그러나 가장 스스럼없이 친할 수 있는 게 비이기도 했다. 집집마다 변변한 우산 하나도 없을 시절이기도 했지만, 기다리던 비가 왔을 때는 그어가기보다는 맞고 가는 걸 비에 대한 응분의 환대처럼 여겼다. 특히 시골에서 여름에 소나기를 일부러 맞았을 때의 복받치던 환희는 잊히지 않는다. 아이들은 너나없이 옷 입은 채 하늘의 채찍 같은 빗발 속으로 뛰어들어 뜻 모를 환성을 지르며 너울너울 춤을 추었다. 더위에 지쳐 축 늘어졌던 논의 벼, 밭의 푸성귀와 동산의 나무들이 같이 춤을 춘 건 물론이다. 그때 우리는 푸성귀의 일부였고 나무의 일부였다. 아니면 목말라 하던 푸성귀와 나무들의 환희가 옮아붙은 거였다.

자연과 인간과의 완전한 교감으로 말미암은 환희가 어떻다는 것을 요새 아이들이 과연 상상이나 할 수 있을까. 요새 아이들은 우리 세대가 상상도 할 수 없는 온갖 문명의 즐거움을 알고 있으니 피장파장이라고 말해버릴 수도 있겠으나, 현격한 자연관의 차이만은 섭섭하다못해 두렵기조차 하다.

젊은이들이 들으면 걱정도 팔자라고 비웃겠지만, 우리 몸에 해로운 비라면 언젠가는 자연에게도 해를 끼칠 것 같은 것도 은근히 겁나는 것 중의 하나이다. 봄 되니 어김없이 꽃 피고 잎 돋는 아름다운 산하를 보고 내심 지나치게 반갑고 고마운 것도 언제까지나 그걸 볼 수 있을 것 같지 않은 불길한 예감 때문이다. 개인 수명의 한계를 말하려는 게 아니라, 자연이 언제까지 인간의 학대를 참아줄까가 못내 두려운 것이다. 이 땅 어디에고 콘크리트 덩어리가 동산을 뭉개거나 가리지 않은 곳은 남아 있지 않다.

서울이 광화문을 중심으로 어떻게 달라지리라는 이른바 국가 중심가로 조성 계획을 들어도 반갑기보다는 허전하기만 하다. 심한 어긋남 때문이다. 내가 꿈꾸는 2005년의 서울은 그렇게 달라진 서울이 아니라 지금만큼이라도 웅장하고 아기자기하고 정정한 북한산이 남아 있는 서울이다. 새롭게 뚫린 훤한 길과 기능적으로 설계된 최신의 휴식처가 아니라 우리가 산 자취, 고통과 수모, 영광과 기개 등 온갖 잊을 수 없음이 서린 장소와 길이 남아 있는 서울이다. 그때까지 오래오래 살고 싶은 욕심에서 미래의 서울을 간섭하려는 게 아니라, 우리가 사라진 후에도 우리가 산 자취를 통해 후손과 손잡고 싶어서이다. 수도의 기능이나 외관은 급히 만들 수 있을지 몰라도 품위만은 오직 시간의 더께만이 은근히 만들어가는 것이기에.

공감의 즐거움

젊었을 때지만 한때 영화광이란 소리까지 들은 적이 있다. 젖먹이를 둘러업고서라도 보고 싶은 영화는 보고야 말아 남편이 붙여준 별명이었다. 요새는 한 달에 한 번도 영화관에 갈까 말까이다. 보고 싶은 영화를 놓쳐도 별로 아쉬운 줄 모르는 게 나중에 비디오로 보지, 하는 생각 때문인데 그렇다고 그걸 꼭 비디오로 구해 보는 것도 아니다. 식구들이 모여 있을 때 비디오나 하나 빌려다 보자는 식으로 휩쓸려서 본 적은 있어도 혼자서 빌려다 본 적은 한 번도 없다. 아이들이 저희끼리 보고 좋다고 생각한 비디오테이프를 돌려주기 전에 나더러 꼭 보라고 남겨놓는 수가 있는데 그런 것도 혼자서는 끝까지 보게 되질 않는다. 혼자서 비디오를 보는 분위기가 어딘지 을씨년스러워 보다가 꺼버리거나 잠이 들고 만다. 내가 좋아하는 건 영화관의 분위기이지 영화 그 자체가 아니었는지도 모르겠다.

일전에 어떤 분한테서 영화를 영화관에서 보는 것과 집에서 비디오로 보는 것의 차이를 생선을 싱싱한 활어로 먹는 맛과 냉동한 걸로 먹는 맛의 차이로 비유하는 소리를 듣고 참 적절한 비유라고 공감한 적이 있다.

전처럼 자주 가지는 않지만 요새도 웬만한 영화는 빠뜨리지 않고 보게 되는 것은 같이 즐길 수 있는 몇몇 친구들 때문인데 내가 어떤 영화를 참 좋다고 생각하는 것은 그 친구들과의 교감과 깊은 관계가 있다. 교감은 그 친구들과 무슨 영화를 어느 날 볼 것인가 미리 의논하고, 극장 근처에서 기다리고, 만나고, 표를 사고, 나란히 앉아서 보고, 앞에 앉은 키 큰 사람 때문에 화면이 잘 안 보이면 영화관 시설을 타박도 좀 하면서 보고 나서 같이 점심 먹으면서 영화에 대해서 이런 얘기 저런 얘기 하고도 미진해서 다시 분위기 좋은 다방을 찾아가면서 숙성되는 것이지 단박 되는 것은 아니다.

이건 어디까지나 좋은 영화를 보고 난 감동이 서로 맞아떨어질 때 얘기니까 영화마다 다 그렇다는 소리는 물론 아니다. 누구는 감동하고 누구는 전혀 무감동해서 나중에 논쟁을 유발하는 영화가 있는가 하면, 내가 이해하지 못한 부분을 친구의 보충 설명으로 비로소 알 듯해지는 어려운 영화도 있고, 시간과 돈이 아까워서 아무리 욕을 해주어도 시원치 않은 쓰레기 같은 영화도 있다. 욕을 실컷 주고받는 것도 교감이다.

언젠가는 꽤 괜찮을 줄 알고 본 국산 영화가 전혀 기대에 어긋난 적이 있었다. 재미도 없는데다가 대단한 예술영화나 되는 것처럼 잔뜩 폼만 잡은 영화였다. 시거든 떫지나 말지라는 속담도 있거니와 예술영화 티나 안 냈으면 좋으련만. 게다가 고증은 또 어찌나 허술한지 도처에서 쓴웃음을 자아냈다. 그런 영화를 보고 나면 아무리 혹평을 해도 개운치가 않다.

결국 눈과 귀를 씻기 위해 다른 영화를 한 편 더 보자는 데 의견의 일치를 보았다. 돼먹지 않은 영화에 대한 복수심 같은 거였지만 하루 두 탕은 우리 나이엔 중노동이었다. 나도 그렇지만 그 친구들도 늘 일에 쫓기는 바쁜 몸들이건만 가끔은 이렇게 할일이 없어서 비비 꼬는 사람처럼 구는 것도 휴식의 한 방법이다. 권태증이란 한가한 사람에게만 오는 게 아니다. 권태가 쌓여 스트레스가 될 때 좋은 영화처럼 산뜻한 치료제는 없다. 게다가 침체한 감수성에 자극을 주고 감동까지 서로 주고받을 수가 있으면 금상첨화라 하겠다.

그렇다고 영화관에는 꼭 누구하고 같이 가야만 맛이 난다는 얘기는 아니다. 어쩌다이긴 하지만 혼자 갈 적엔 그 나름의 분위기가 있게 마련이다. 혼자 영화관에 가본 적이 없는 사람은 오죽하면 혼자 가랴 싶겠지만 그 오죽하랴 싶은 경우가 단지 심심해서 비디오를 빌려다 보는 것보다는 훨씬 색다른 분위기를 자아낼 때가 있다.

시내에 나갔다가 시간이 좀 남았다든가, 혹은 오전 약속과 오후 약속 사이에 생긴 시간이 마침 영화 볼 만한 동안이 돼서 혼자 영화를 봤다고 해도 백화점에서 아이쇼핑을 할 수도 전시회를 볼 수도 있는데 하필 영화였다는 것은 바로 영화 아니면 안 되는 마음의 빈 구석이 있었기 때문일 것이다. 혼자 영화관에 간다는 것은 아이쇼핑이나 전시회장에 혼자서 가는 것보다는 남의 이목에 신경이 쓰이고 약간은 계면쩍은 일이기도 하다. 그걸 무릅쓰고 혹시 아는 사람 눈에 띌세라 재빨리 표를 사가지고 어둠 속으로 스며드는 맛은, 여학교 때 미성년 입장 불가 영화를 보려고 교복의 하얀 깃을 안으로 구겨 넣고 극장에 들어갈 때 같은 스릴까지 섞여 사뭇 짜릿하다.

비록 혼자라고 해도 그건 남을 의식하는 마음이고, 같은 공간에서 같은 화면을 보면서 느끼는 관객끼리의 교감은 살아 있는 분위기를 조성할 뿐 아니라 화면을 살리기도 죽이기도 한다. 그리하여 다시 불이 켜지고 감동한, 혹은 실망한 표정들을 교환하면서 꾸역꾸역 밀려나올 때는 서로 은근한 친밀감까지 느끼게 된다.

이런 관객끼리의 교감은 집에서 혼자서 비디오로 감상할 때는 도저히 맛볼 수 없는 느낌이다. 책은 혼자서 조용히 봐야 맛이고, 전철이나 대합실 같은 데서 독서를 한다고 해도 타인을 의식하지 않아야 몰입할 수 있지만 구경은 구경거리와 구경꾼들이 함께 어우러져야만 비로소 완전해진다. 어릴 적 시골에서 구경이래 봤댔자 곡마단이나 굿 구경이 고작이었을 때 구경을 갔다 온 어른들에게 재미있었냐고 물으면 "재미는 뭐, 사람 구경 하나는 실컷 했다"던 생각이 난다. 그러면서도 표정은 환하고 자랑스러워 보였다. 사람 구경은 덤이 아니라 목적이었을지도 모른다.

앞으로 텔레비전 수상기는 부피가 점점 얇아지고 화면은 커져서 벽에 걸고 볼 수 있는 수상기도 나오리라고 한다. 그렇게 되면 영화는 영화 나름으로 살아남기 위한 자구책을 마련하겠지만 가정에서도 영화관 못지않은 화면을 즐기게 될 것도 기대해볼 만하다. 그러나 집집마다 영화관 수준의 시설을 갖춘 세상이 온다고 해도 영화를 사랑한다는 것은 영화관의 분위기도 함께라고 생각하는 사람이 남아 있는 한 여전히 영화관은 유효할 것이다.

나는 지금도 비디오는 가족이나 친척이 모여 있을 때에 한해서 본다. 관객이 있어야 재미있고 보고 나서 찧고 까부는 비평의 과정을 거쳐야 비로소 구경이 완성되기 때문이다. 영화관 분위기를 안방으로 끌어들인 셈이라고나 할까. 아무리 재미있는 구경도 밀폐된 장소에서 혼자서 하고 나면 뒷맛이 찝찝해서 다시는 안 하고 싶어진다. 육체의 건강에도 신선한 공기가 기본 조건이듯 정신 건강을 위해서도 자극을 받고 나면 발산하는 과정으로 환기를 해야 한다.

그런 과정은 중요할 뿐 아니라 훈련을 요한다는 것은 어린이와 함께 텔레비전을 봐보면 단박에 알 수 있다. 아침저녁 엄마들이 한창 바쁠 시간에 맞춰 텔레비전은 어린이를 수상기 앞에 붙들어 앉힐 만한 프로를 내보내 엄마들에게 친절한 서비스를 해주고 있다. 거기 맛을 들인 엄마들은 어린이용 비디오테이프를 빌려다놓고 아이들이 성가시게 굴 때마다 틀어준다. 보행기에 앉을 수 있을 때부터 광고 화면에 흥미를 보이기 시작한 어린이는 만화영화에 쉽게 몰입하게 돼 있다.

그러나 어린이 혼자서 보게 내버려둬서는 안 된다. 옆에 잠시만 붙어 앉아서 같이 봐줘도 어린이가 얼마나 많은 질문을 갖고 있는지 놀라게 된다. 겨우 말을 할 수 있는 나이만 돼도 우주선 만화를 보면 "엄마 쟤는 왜 떠다녀? 접시가 왜 날아다녀?" 하고 묻는다. 그애한테 구태여 무중력 상태를 설명하려 애쓸 필요는 없다. 우주선 안이니까 그렇다라고만 말해도 그 아이는 지금 몸담고 있는 현실과 다른 세상이 있다는 걸 어렴풋이나마 느끼게 된다. 그 아이가 사람이 떠다니는 걸 이상하게 생각한 것 자체가 사람은 떠다닐 수 없다는 걸 이미 알고 있다는 증거이다. 우주선이 무엇이라는 걸 알 나이는 아니라 해도 그렇게 말해줌으로써 아이는 현실과 환상을 구별하게 되고 자기는 떠다닐 수 없다는 데 대해서 열등감을 느끼거나 불안해하지 않게 된다.

어른도 빨려들지 않을 수 없도록 화면이 아름다운 것도 많지만 내용이 황당하고 돼먹지 않은 것도 부지기수이다. 그런 세계와 현실을 아이들이 혼동하지 않도록 하기 위해서는 어른들이 옆에서 보면서 적절한 조언을 해줄 필요가 있다. 조언이라고 해서 보던 걸 갑자기 끄라거나 교훈적인 설교를 길게 늘어놓자는 소리가 아니다. 아이들에게 있어서도 구경은 어른과 마찬가지로 긴장을 푸는 시간일 뿐이다.

아이들이 볼 때마다 붙어앉아 끝까지 보자는 소리가 아니라 간간이 관심을 보이면서 아이들이 묻는 질문에 적절한 대답을 하고 또 마음에 안 드는 화면을 보면 혀를 차거나 한두마디 불평을 하는 정도로도 족하다고 생각한다. 그것만으로도 아이들이 돼먹지 않은 화면에 전적으로 몰입하는 것을 막아주는 비판 정신을 기르는 데 충분한 도움이 된다. 아이들이 반복적으로 보고 싶어하는 비디오는 어른도 한번쯤은 끝까지 같이 봐주고 자연스럽게 보고 난 느낌을 서로 나누는 것도 좋으리라.

아이들로 하여금 옳고 그름, 안전한 것과 위험한 것을 구별하게 하는 것은 어른의 의무이다. 악한 것과 위험한 것을 안 보여주는 것만이 수가 아니다. 어차피 아이들은 자라서 선악이 뒤섞인 세상에 나가 살아나가야 하니까, 악한 것과 위험한 것을 피하거나 물리치기 위해서는 우선 무엇이 옳고 그른가를 분별할 능력이 있어야 한다. 그 능력을 키워주는 것은 어른의 책임이다. 청소년 범죄 중 상당한 수가 불량 비디오의 모방이라는 게 밝혀질 때마다 비디오가 일방적으로 두드려 맞는데 일차적인 책임을 져야 하는 부모는 쏙 빠져도 되는 것일까.

삼십여 년 전 내가 아이를 키울 때는 지금처럼 비디오가 범람하기 전이었는데도 인기 프로인 〈황금박쥐〉 흉내를 내던 어린이가 목숨을 잃은 사건이 있었다. "나는 황금박쥐다"라고 외치면서 높은 데서 뛰어내리는 게 아이들 사이에서 대유행일 때였다. 아이들은 각각 제 나이에 맞는, 뛰어내려도 안전한 높이를 스스로 알고 있었다. 그러나 그 아이는 자기 키의 몇 배나 되는 높은 다리 위에서 뛰어내려 목숨을 잃은 거였다. 그 아이가 현실과 환상을 구별 못할 만큼 만화영화에 몰입한 일차적인 책임은 부모에게 있다고 생각한다.

범람하는 비디오테이프와 함께 엄마들 사이에서도 잔인하고 속악한 비디오를 추방하고 건전한 비디오를 권장하는 모임이나 운동이 다양하게 생겨나는 건 바람직한 현상이지만, 가정에서 엄마들이 내 아이와 함께 비디오를 보는 시간을 갖는 일이 앞서야 할 줄 안다. 당사자의 건전한 비판 정신 없이는 건전한 비디오가 생겨날 수 없는 것은 어린이물이라고 해서 다를 것이 없다고 생각한다.

집 없는 아이

작년 크리스마스 무렵이었다. 손자들한테만은 선물을 하고 싶어 큰 마음 먹고 L백화점에 들렀다. 그 백화점은 집에서 가까울 뿐 아니라 셔틀버스가 집 앞을 삼십 분마다 지나고 있어 우리 이웃들은 동네 시장에 가는 것보다 그곳으로 쇼핑을 가는 걸 더 편리하게 여기지만 나는 일 년에 한두 번 가기도 며칠 전서부터 별러야 한다. 민속관과 어린이들을 위한 놀이 시설을 갖춘 대형 백화점이라 그 앞은 늘 교통체증이 심해 곁에서 보기만 해도 안에 들어가 부대낄 일이 지레 겁나고 지겹게 느껴져서이다.

가는 날이 장날이라고 하필 크리스마스 전날이었다. 그 안의 혼잡은 내가 밖에서 상상하고 겁을 낸 것 이상이었다. 특히 장난감이나 아동복 파는 매장은 내 힘으로 물건을 만져볼 수 있는 거리로 접근하는 것도 불가능했다. 요새는 웬만큼 사는 집 아이들이 다 그렇듯이, 내 손자들도 옷이나 학용품 등은 나 보기엔 좀 넘친다 싶게 넉넉히 갖고 있는지라 선물은 필수품보다는 약간은 의외의 기발한 것이었으면 싶었고 그래서 동네 가게 놔두고 백화점에 간 거였는데 그곳은 미리 점찍어놓은 물건이 있지 않는 한 나 같은 사람이 갈 곳이 못 되었다. 휘황하다 못해 요상한 장난감을 가까이서 한번 만져보기도 전에 차를 오래 탄 것처럼 미식미식하면서 가슴이 답답해졌다. 집에서 툭하면 누울 자리 보듯이 나는 쇼핑이고 뭐고 다 집어치우고 어디 앉을 자리가 없나 기웃대기 시작했다.

엘리베이터 근처에 다행히 의자가 있었다. 의자에 앉아서 바라보니 인파가 더욱 굉장해 보였다. 그 안에서 물건을 사고팔 수 있다는 게 신기했다. 그래도 사람마다 쇼핑백을 몇 개씩 들고 있었다. 놀라운 구매력이었다. 방학이라 그런지 인파의 삼분의 일은 청소년이었다. 그들도 용돈을 모아 선물하고 싶은 데가 있을 테고 자기가 필요한 건 자기가 고를 나이가 된 이상 나쁠 것도 없었다.

나는 그 엄청난 구매력을 바라보면서 처음으로 신용카드라는 걸, 업자의 입장에서 고맙게 생각했다. 만일 현금으로 그 많은 물건값을 받는다면 은행까지 운반하려고 해도 돈을 가마니에다 넣고 꾹꾹 발로 눌러 담아 트럭에 실어야 할 것 같았다. 끔찍하다는 생각이 들었다. 별로 유쾌한 상상은 아니었다. 전직 대통령이 축재한 돈의 액수를 부피로 환산해서 말하는 걸 들을 때의 혐오감과도 비슷한 느낌이었다. 돈과 사람과 물건이 넘치는 세상이었다. 뭐가 없거나 필요해서 사는 게 아니라 단지 돈을 주체 못해 쇼핑을 하고 있는 게 아닌가 싶기도 했다. 내 손자라고 없는 게 있을 것 같지가 않았다.

내 옆의 의자에서는 중학교 일이 학년쯤 되는 여학생 셋이 나란히 고개를 각자의 무릎에 묻고 아까부터 꼼짝도 안 하고 엎드려 있는 게 자꾸만 신경이 쓰였다. 그애들도 나처럼 지레 지쳤을 수도 있으나 같이 온 동무끼리라면 서로 얘기를 하든지 기대든지 할 것이지 각자 그러고 있는 게 이해가 안 되었다. 나는 그애들이 이상해서 필요 이상 오래 앉아서 지켜보았다. 아무리 기다려도 아무 일도 일어나지 않자 나는 참지 못하고 내 옆의 소녀를 살살 흔들어보았다.

소녀가 고개를 들었다. 잠에서 깬 듯 부수수한 얼굴이었다. 내가 먼저 사과를 했다. 자고 있었다면 깨워서 미안하지만, 졸리면 집에 가서 편히 자야지 그런 불편한 자세로 자면 쓰느냐고 말하다 말고 나는 어색하게 웃으며 입을 다물었다. 소녀는 암말 안 했지만 참 별꼴 다 본다는 불손한 표정이 역력해 서이기도 했지만, 소녀에게 집이 없을지도 모른다는 생각이 느닷없이 들어서였다.

소녀의 옷차림은 초라하지도 사치하지도 더럽지도 않은 그 나이에 맞는 정상적인 거였고, 머리 모양도 약간의 멋을 낸 티가 귀여운, 그 나이의 평균치의 머리 모양이었다. 그럼에도 불구하고 집이 없을지도 모른다는 생각이 든 것은 건물로서의 집이 아니라 세상에서 가장 편안하고 따뜻한 대화가 있고, 자유와 구속이 적당히 조화된 가정으로서의 집이었다.

소녀가 다시 머리를 무릎 위에 파묻는 것을 보고 나는 공중전화를 찾아갔다. 손자하고 통화를 해서 이왕이면 그애가 평소 갖고 싶어하던 거를 사주고 싶어서였다. 매장만 대목을 맞은 게 아니었다. 공중전화 앞에 늘어선 줄도 끝이 안 보였다. 이런 날 나오기가 잘못이었지만 이왕 나왔으니 일을 하나 끝내고 싶었다. 내 바로 앞에는 중학생 또래의 소년이 서 있었다. 통화들이 어찌나 긴지 마냥 기다려야 했다.

내 앞의 소년 차례가 되었다. 친구한테 건 전화인 것 같았다. "쌔끼야 집에 있었구나"로 통화는 시작됐다. 비죽비죽 웃음이 났다. 고 또래가 무슨 얘기를 하나 엿들을 수 있다는 기대도 나쁘지 않았다. 그러나 저쪽에서 뭐라는지는 들리지 않고 소년이 대답하는 소리만 들리는데 처음부터 끝까지 같은 대답이었다. "뺑까지 마, 쌔끼야." 권태롭게 껌을 쩌덕거리면서 정말이지 딴 소리는 한마디도 안 하고 간간이 "뺑까지 마, 쌔끼야"라는 같은 소리로만 일관하는 통화는 끝도 없이 이어졌다. 평소에 편리하게 느꼈던 전화카드라는 게 다 원망스러웠다. 용건 없이 긴 통화가 다 그놈의 전화카드 때문인 것 같아서였다. 어쩌면 같은 소리의 반복 때문에 더 길게 느껴졌는지도 모르겠다. 무슨 내용인지 엿들을 수만 있어도 한결 지루하지 않게 기다릴 수가 있었을 것이다.

소년의 통화는 상대방이 일방적으로 끊음으로써 끝이 났다. 소년은 역시 "쌔끼가……" 하면서 헛발질을 한번 하고 그만이었다. 그 소년도 남보다 더 불량해 보이거나 초라해 보이지 않는 평균치의 보통 소년이었다. 그러나 집 없는 아이일지도 모른다는 생각이 또 났다. 남부럽지 않게 거두어주는 집은 있을지 모르지만 타인과 제대로 말하는 법을 가르쳐주는 가족이 있는 집은 없는 아이처럼 보였고, 괜히 백화점 안을 쏘다니는 소년 소녀들의 태반이 완전한 집은 못 가진 아이들이 아닐까 하는 근거 없는 생각도 들었다.

오랜 기다림 끝에 연결이 된 손자와의 통화도 즐겁기만 한 것은 아니었다. 만들기가 복잡하고 어려운 조립을 사달라고 했다. 나는 손자가 완성된 장난감보다 조립을 좋아하는 걸 예쁘게 여겼기 때문에 쾌히 승낙을 했다. 그러나 덧붙이는 말이 이왕이면 일제로 사달라는 것이었다. 이유는 국산은 부품끼리 잘 맞지를 않고, 완성된 후에도 작동이 제대로 되는 것도 있고 안 되는 것도 있어서 믿을 수가 없다는 것이었다. 산타할머니도 못해 먹을 노릇이었다. 우울한 날이었다.

귀뚜라미 소리를 반기며

참으로 긴 여름이었다. 여름내 매미가 지독히도 울어대더니 며칠 전부터 뚝 그쳤다. 여름방학 동안 손자들이 한 보름가량 우리집에 와서 머물다 갔는데 그애들은 매미 소리를 지겨워했다. 학교를 안 가니까 수면 시간도 바뀌어 밤늦도록 텔레비전도 보고 컴퓨터 게임도 즐기다가 자리에 들어서는 거의 반년 만에 만난 사촌들끼리 장난치고 황당하고 무서운 얘기도 하다가 아마 새벽 한두시경에나 잠이 드는 것 같았다. 그러고는 아침에 마냥 늦잠을 자고 싶어하는데 매미가 새벽부터 자지러지게 울어대니까 마구 신경질들을 냈다. 매미 소리만 들리면 오늘도 또 찌겠군 하는 생각이 저절로 든다는 거였다. 같은 매미 소리인데 내가 듣고 느끼는 것하고 그렇게 다르게 느낄 수가 없었다. 나는 열대야의 더위가 가신 아침, 잠결에 듣는 매미 소리가 그렇게 좋을 수가 없었다.

추억 때문이었다. 비몽사몽간에 들리는 그 소리는 내가 지금 아파트가 아닌 고향집 마루에 돗자리를 깔고 낮잠을 자고 있는 것 같은 행복한 착각을 불러일으켰다. 유년기의 고향집 마루는 드높고, 북창은 뒷동산의 솔바람과, 산에서 발원해서 우리집을 끼고 도는 개울물 소리의 거침없는 통로였다. 문득 든 낮잠에도 어른들은 풀 먹인 홑이불을 살포시 덮어주었고, 잠결에도 한기가 돌아 그걸 어깨까지 끌어올리면서 듣는 매미 소리는 물보라를 일으키며 부서지는 폭포 소리를 연상시켰다. 오십여 년 전의 어릴 적 일이다. 그러니까 내가 콘크리트숲 속의 새벽잠 속에서 아슴푸레 달콤한 마음으로 즐긴 매미 소리는 실제의 매미 소리가 아니라 환청이었는지도 모르겠다.

초등학교 4학년짜리 손녀는 매미들이 한참 자지러지게 울 적에 그 소리를 치킨집 기름가마 속에서 기름이 자글자글 졸아가는 소리 같다고 표현을 했다. 그것 또한 순전히 청각만으로 느낀 소리는 아닐 것이다. 불볕더위와 합성을 해서 들었기 때문에 그렇게 들렸을 것 같다.

어렸을 적엔 매미도 많이 잡고 잠자리도 많이 잡았다. 잠자리는 떼 지어 선회하는 모습도 아름답지만, 무리에서 떨어져 홀로 풀끝이나 수수 이삭, 조 이삭 끝에서 섬세하게 흔들리며 잠시 날개를 쉬는 모습은 어린 마음을 울렁거리게 할 만큼 매혹적이었다. 그건 곧장 잔혹한 소유욕으로 이어졌던 것 같다. 잠자리는 눈이 커서 그런지 아무리 살금살금 다가가도 잘도 손끝을 피했다. 그래도 어찌어찌 용케 한 마리 잡으면 꽁지를 반쯤 자르고 대롱같이 생긴 꽁지의 단면에다가 밀짚 고갱이를 끼워서 날려보냈다. 별안간 꽁지의 길이가 대여섯 배나 늘어난 잠자리는 그런 무게를 조금도 느끼지 않는 듯 놓아준 것만 고맙다는 듯이 훨훨 날아서 빼소니를 쳤다. 그 잠자리가 구사일생 자기 무리 안으로 돌아갔을 때 괴물처럼 길게 자란 꽁지 때문에 구박이나 또는 따돌림이나 안 당했는지. 살아오면서 수없이 저지른 죄 중의 무거운 죄는 다 잊어버리고 고작 그 따위 티끌 같은 죄나 생각해내가지고 하염없어지는 것이야말로 망령된 위선이 아니고 무엇이랴.

매미는 잠자리보다 잡기가 훨씬 쉬웠는데도 잠자리를 잡았을 때는 아무 소리도 안 하던 어른들이 매미를 잡은 걸 보면 "어디 눈먼 매미가 있었나보구나" 하고 관심을 보였다. 아마 잠자리보다 발견하기가 어려웠기 때문일 것이다. 매미는 나무껍질하고 거의 같은 색이어서 소리나는 나무로 다가가

서 쳐다봐도 그 정체를 발견하기가 어려웠다. 또 높은 가지에서 우는 걸 발견했다고 해도 거기까지 올라가기가 겁날 적이 많았다. 그래도 어찌어찌해서 작은 손으로 매미를 덮쳤을 때의 성취감은 잠자리를 잡았을 때보다 더했다. 그러나 그렇게 힘들여 잡은 매미로 뭘 했는지는 전혀 생각나지 않는다. 기껏 날개를 잘라서 날지 못하고 벌벌 기게 하다가 말았을 것 같다.

매미는 유충인 굼벵이의 상태로 깜깜한 땅속에서 칠 년, 심지어는 십칠 년이나 굼벵이로 있는 종류도 있다고 한다. 그런 오랜 기다림 끝에 허물을 벗고 우화해서 고작 한여름을 살다가 알 낳고 죽는다니 그렇게 기를 쓰고 노래 부를 만하다.

손자들도 나가 놀다가 매미를 잡아왔다. 나도 우리 할머니가 그랬던 것처럼 "어디 눈먼 매미가 있었나 보구나" 하고 말했다. 그 목소리까지 할머니를 닮은 것 같아 웃음이 났다. 아이들이 매미를 대하는 태도는 매우 분석적이었다. 소리주머니가 있고 없고에 따라 암매미 숫매미까지 구별해서 볼 줄 알았다. 나는 그 매미들이 땅속에서 얼마나 오래 기다렸나 얘기해주면서 관찰한 연후에 놓아주라고 타일렀다. 저희들끼리 매미가 이로운 곤충인가 해로운 곤충인가 따지는 것 같았다. 익충이면 놓아주고 해충이면 죽여버릴 기세였다. 소음 공해를 일으키니까 해충이라는 설이 단연 우세했지만, 일기에다 매미를 놓아준 것처럼 쓰고 싶다는 손녀 때문에 매미들은 살아서 돌아갔다.

어젯밤엔 처음으로 귀뚜라미 소리를 들었다. 여름내 단지 내에 그렇게 자주 소독약을 뿌렸는데도 매미도 안 죽더니 귀뚜라미, 너도 안 죽고 살아 있었구나.

아들의 부모 노릇

상긋하고 시원해 보이는 여름용 침구에 이끌려 이불 가게에 들어가본 적이 있다. 침구뿐 아니라 함, 패물 상자, 각종 비단 보자기 등 주로 혼수를 취급하는 가게였고 마침 혼수 이불을 상의하러 온 고객들로 붐비고 있어 주인은 그냥 눈요기나 하려는 나 같은 사람은 잘 상대도 안 하려 들었다. 덕택에 딸 가진 어머니와 장사꾼의 수작을 낱낱이 엿듣지 않으면 안 되었다. 장사꾼이 더 비싼 물건을 더 많이 팔려는 건 당연하지만 그 방법이 좀 지나친 것 같았다. 신랑 자리의 직업, 신랑 집의 사회적 신분은 물론 연애결혼인가 중매결혼인가, 같은 연애라도 남자 쪽에서 더 반한 연앤가 여자 쪽에서 죽고 못 살 것처럼 덤벼서 마지못해 성사된 혼사인가까지 탐색해가며 혼수의 가짓수와 질을 늘리고 높이려 들었다. 그러나 정작 신부 측의 형편에 대해서는 전혀 배려가 없는 것은 세리稅吏보다 더 인정사정없어 보였다.

그들이 그렇게 당한 게 어찌 이불집에서뿐이었을까. 참담하게 일그러지고 지쳐 보이는 신부 측 여인들의 표정을 보면서 딸 가진 죄인이라는 말은 아직도 명언이요 진리라는 생각이 들었다. 저래 가지고서야 누가 아들을 바라지 않겠는가.

예전에는 여러 남매 중 한두 명의 딸자식은 교육비나 양육비는 헐하게 먹히고 어려서부터 잔심부름 등 가사 노동력을 제공해준다는 이점이라도 있었지만 지금은 그런 세상도 아니다. 아직도 밑천을 뺄 가망은 남자에 비해 현격하게 떨어지건만 교육비는 동등하고 치다꺼리하는 수고는 오히려 딸자식이 더 든다. 대를 잇는다는 유구한 지상의 명제를 핏줄을 잇는다는 생각으로 바꿔가면서까지 애지중지 딸을 키운 부모라 해도 혼인을 시킬 때 섭섭한 것 이상의 열패감을 맛보지 않을 수가 없을 것이다. 방법이 없다면 모를까 있다면 이왕이면 아들을 낳고 싶을 것이다.

세상 또한 인간의 가치도 경제적 우열로 자리매김 되는 자본주의 세상이 아닌가. 손해나는 짓을 안 하겠다는 사람에게 도덕적 잣대를 들이대봤자 먹혀들 리 만무하다.

봄에 손녀가 초등학교에 입학을 해서 며칠 따라다녀보았다. 손자들 때는 별로 못 느꼈는데 성비의 불균형이 통계로 나타난 것보다 더 심각한 게 눈에 띄었다. 딸만 둘을 두었다는 엄마가 저애들 혼기에는 남자가 열쇠 세 개를 가져오지 않으면 딸을 안 내주는 세상이 올 거라는 식의 장담을 했다. 그 엄마도 맺힌 게 있는 모양이었다. 그러나 그 엄마가 바라는 앞으로의 세상도 남자와 여자의 관계가 평등하고 편안한 세상이지 결코 여자들이 당한 걸 앙갚음하는 세상은 아닐 것이다.

돈을 많이 받고 딸을 내주게 된다면 아직도 후진 사회에 남아 있는 매매혼과 다를 게 없다. 그런 사회일수록 여성의 지위가 열악하다는 것도 유념해둘 필요가 있다. 앙갚음은 될 수 있을지는 모르나 어찌 앙갚음 따위를 만복의 근원이라는 이성지합에서 써먹을 것인가. 또한 딸을 열쇠 세 개에 해당하는 값을 받고 내주는 세상이 온다고 해도 딸은 남을 준다, 즉 남의 집안에 속하게 한다는 것으로 역시 평등한 관계는 아니다.

어떻게든지 아들 하나는 있어야겠다는 부모의 집념과 의술이 합작을 해서 이룩한 남초 현상이 미래 사회에 어떤 화근을 몰고 올지 우려하는 소리가 높아지는 가운데 태아의 성별 검사를 반성하고 자제하려는 의료계의 움직임도 눈에 띄는 요즈음이다. 그보다 앞서 법이나 제도에도 많은 변화가 있어서 여자라고 해서 불이익을 당하는 일이 꾸준하게 개선돼왔다. 그러나 태중의 딸자식을 살해하면서까지 아들을 갖고 싶어하는 광기가 딸은 남을 주고 아들은 남의 자식을 데려온다는 유구한 전통에 뿌리내린 이상 법과 제도보다는 우리의 관습을 하나하나 점검해나가야 할 줄 안다. 하다못해 아이가 태어났을 때 우리가 하는 말버릇서부터 결혼 풍습에 이르기까지.

아들이나 딸이나 성인이 되면 똑같이 부모를 떠나 이성과 한몸이 되어 새로운 가정을 이루고, 그 새로운 가정이 부모 보기에 예쁘고 대견하고, 자나 깨나 잘되기를 기원해 마지않는 보람이라는 걸로 양가 사돈이 동등할 때 혼수나 예단으로 이득을 챙기려는 한탕주의 비슷한 세도도 자연스럽게 사라지게 될 것이다. 그리고 그런 걸 주도하는 것은 역시 기득권자인 아들 가진 쪽이어야 하지 않을까.

아들도 소용없더라. 결혼시키면 남 되는 게 딸보다 더하다는 말도 있고, 바로 그런 까닭으로 결혼할 때라도 아들 세도를 실컷 부려야 한다는 소리도 있다. 그러나 결혼 때 며느리에게 해도 너무한다 싶게 심하게 바란 시가 식구일수록 그후 효도를 못 받는다는 것도 명심해둘 필요가 있다. 며느리가 그 정도는 앙갚음을 할 줄 알게 됐지만 그것 또한 바람직한 방법은 아니다. 아무리 부패한 사회도 혁명이 최선의 방법은 아닌 것처럼.

| 작가 연보 |

1931년 10월 20일 경기도 개풍군 청교면 묵송리 박적골에서 출생. 아버지 박영노朴泳魯, 어머니 홍기숙洪己宿. 열 살 위인 오빠 있음.

1934년 아버지 별세. 어머니는 오빠만 데리고 서울로 떠남. 조부모와 숙부모 밑에서 어린 시절을 보냄.

1938년 서울로 와서 살게 됨. 매동국민학교 입학.

1944년 숙명여고 입학.

1945년 소개령疎開令이 내려져 개성으로 이사, 호수돈여고로 전학. 고향에서 해방을 맞음. 서울로 와 학교를 계속 다님. 여중 5학년 때 담임을 맡은 소설가 박노갑 선생에게서 많은 영향을 받음.

1950년 서울대학교 문리대 국문과 입학. 6월 초순에 입학식이 있어서 학교를 다닌 기간은 며칠 되지 않음. 전쟁으로 오빠와 숙부가 죽고 대가족의 생계를 책임지게 됨. 미군 부대에 취직, 미8군 PX(동화백화점, 곧 지금의 신세계백화점 자리)의 초상화부에 근무. 거기서 박수근 화백을 알게 됨.

1953년 호영진扈榮鎭과 결혼, 이후 1남 4녀의 자녀를 둠(1954년 원숙, 1955년 원순, 1958년 원경, 1960년 원균, 1963년 원태).

1970년 「나목」으로 『여성동아』 여류장편소설 공모에 당선.

1975년 남편이 사기사건에 연루되어 옥바라지를 함. 『도시의 흉년』을 『문학사상』에 연재.

1976년 첫 창작집 『부끄러움을 가르칩니다』(일지사) 출간. 『휘청거리는 오후』를 동아일보에 연재.

1977년 남편의 옥바라지 체험을 바탕으로 전해에 발표했던 단편 「조그만 체험기」에 얽힌 기사가 일간지에 실렸는데, 개인의 명예를 생각하지 않고 검찰측의 입장만 밝혀서 문제가 됨. 『휘청거리는 오후』(창작과비평사, 전2권), 중편집 『창 밖은 봄』(열화당), 산문집 『꼴찌에게 보내는 갈채』(평민사), 『혼자 부르는 합창』(진문출판사) 출간.

1978년 소설집 『배반의 여름』(창작과비평사), 장편소설 『목마른 계절』(원제 『한발기』, 수문서관), 산문집 『여자와 남자가 있는 풍경』(한길사) 출간.

1979년 『도시의 흉년』(문학사상사, 전3권), 『욕망의 응달』(수문서관. 이 책은 1985년 같은 출판사에서 『인간의 꽃』으로, 1989년 원제대로 우리문학사에서 재출간), 창작동화 『달걀은 달걀로 갚으렴』(샘터, 『마지막 임금님』으로 재출간) 출간.

1980년 「그 가을의 사흘 동안」으로 한국문학작가상 수상. 전해부터 동아일보에 연재했던 『살아 있는 날의 시작』(전예원) 출간. 「오만과 몽상」을 『한국문학』에 연재.

1981년 「엄마의 말뚝 2」로 제5회 이상문학상 수상. 제5회 이상문학상 수상작품집 『엄마의 말뚝 2』 출간. 『도둑맞은 가난』(민음사, 「나목」이 재수록되어 있음), 콩트집 『이민가는 맷

돌』(심설당) 출간. 20년간 살던 보문동 한옥을 떠나 강남의 아파트로 이사.

1982년 10월, 11월 문공부 주최 문인해외연수에 참가하여 유럽과 인도를 다녀옴. 소설집 『엄마의 말뚝』(일월서각), 장편소설 『오만과 몽상』(한국문학사, 1985년 고려원에서 재출간), 산문집 『살아 있는 날의 소망』(주우) 출간. 「그해 겨울은 따뜻했네」를 한국일보에 연재.

1984년 7월 1일 영세 받음. 풍자소설집 『서울 사람들』(글수레) 출간.

1985년 11월에 '일본 국제기금재단'의 초청으로 일본을 여행함. 장편소설 『서 있는 여자』(학원사, 『떠도는 결혼』과 동일 작품), 작품선집 『그 가을의 사흘 동안』(나남) 출간.

1986년 산문집 『서 있는 여자의 갈등』(나남), 소설집 『꽃을 찾아서』(창작사, 1982년에서 1986년 사이에 창작한 중·단편을 수록) 출간.

1988년 남편과 아들을 연이어 잃음. 서울을 떠나는 일이 많아짐. 미국 여행을 다녀옴. 『문학사상』에 연재하던 「미망」을 10월부터 다음해 6월까지 쉼.

1989년 「그대 아직도 꿈꾸고 있는가」를 여성신문에 연재. 장편소설 『그대 아직도 꿈꾸고 있는가』(삼진기획) 출간.

1990년 『미망』(문학사상사, 전3권) 출간. 이 작품으로 대한민국문학상 우수상을 수상. 산문집 『나는 왜 작은 일에만 분개하는가』(햇빛출판사) 출간. 『그대 아직도 꿈꾸고 있는가』의 성공으로 출판사 주최 성지순례 해외여행을 다녀옴.

1991년 회갑 기념 소설집 『저문 날의 삽화』(문학과지성사), 콩트집 『나의 아름다운 이웃』(작가정신) 출간. 장편 『미망』으로 제3회 이산문학상 수상 .

1992년 『그 많던 싱아는 누가 다 먹었을까』 『박완서 문학앨범』(웅진출판사) 출간.

1993년 「꿈꾸는 인큐베이터」(『현대문학』 1월호)로 제38회 현대문학상 수상. 제38회 현대문학상 수상작품집 『꿈꾸는 인큐베이터』(현대문학) 출간. 제19회 중앙문화대상(예술 부문) 수상. 장편소설 『휘청거리는 오후』를 제1권으로 『박완서 소설전집』(세계사) 출간 시작. 소설전집 제2·3·4·5권으로 장편 『도시의 흉년』(상·하), 『살아 있는 날의 시작』 『욕망의 응달』 출간.

1994년 「나의 가장 나종 지니인 것」(『상상』 창간호, 1993)으로 제25회 동인문학상 수상. 제25회 동인문학상 수상작품집 『나의 가장 나종 지니인 것』(조선일보사), 소설집 『한 말씀만 하소서』(솔), 창작동화 『부숭이의 땅힘』(한양출판사), 소설전집 제6·7·8·9권으로 장편 『목마른 계절』, 소설집 『엄마의 말뚝』, 장편소설 『오만과 몽상』 『그해 겨울은 따뜻했네』 출간.

1995년 장편소설 『그 산이 정말 거기 있었을까』(웅진출판사), 산문집 『한 길 사람 속』(작가정신) 출간. 「환각의 나비」(『문학동네』 봄호)로 제1회 한무숙문학상 수상. 소설전집 제10·11권으로 장편 『나목』 『서 있는 여자』 출간.

1996년 소설전집 제12·13권으로 장편 『미망』(상·하) 출간.

1997년 티베트, 네팔 여행기 『모독冒瀆』(학고재), 동화집 『속삭임』(샘터) 출간. 장편소설 『그 산이 정말 거기 있었을까』로 제5회 대산문학상 수상.

1998년 산문집 『어른 노릇 사람 노릇』(작가정신) 출간. 보관문화훈장(문화관광부) 받음. 소설집 『너무도 쓸쓸한 당신』(창작과비평사) 출간.

1999년 묵상집 『님이여, 그 숲을 떠나지 마오』(여백) 출간. 『너무도 쓸쓸한 당신』으로 제14회 만해문학상 수상. 『박완서 단편소설 전집』(문학동네, 전5권) 출간.

2000년 장편소설 『아주 오래된 농담』(실천문학사) 출간. 제14회 인촌상 수상.

2001년 단편소설 「그리움을 위하여」(『현대문학』 2월호)로 제1회 황순원문학상 수상.

2005년 기행산문집 『잃어버린 여행가방』(실천문학사) 출간.

2006년 『박완서 단편소설 전집』 개정판(문학동네, 전6권) 출간. 서울대학교 명예문학박사학위 수여. 제16회 호암상 예술상 수상.

2007년 산문집 『호미』(열림원), 소설집 『친절한 복희씨』(문학과지성사) 출간.

2009년 동화집 『세 가지 소원』(마음산책), 장편동화 『이 세상에 태어나길 참 잘했다』(어린이작가정신) 출간. 『문학동네』 가을호에 단편소설 「빨갱이 바이러스」 발표.

2010년 산문집 『못 가본 길이 더 아름답다』(현대문학) 출간.

2011년 1월 22일, 담낭암 투병중 향년 81세를 일기로 별세. 1월

24일, 정부로부터 '금관문화훈장'을 추서받음.

2012년 산문집 『세상에 예쁜 것』(마음산책), 마지막 소설집 『기나긴 하루』(문학동네) 출간.

2013년 『박완서 단편소설 전집』 개정판(문학동네, 전7권), 짧은 소설집 『노란집』(열림원) 출간.

2014년 티베트, 네팔 여행기 『모독』, 산문집 『호미』 개정판(열림원) 출간. 그림동화 『엄마 아빠 기다리신다』(어린이작가정신) 출간.

2015년 『박완서 산문집』(문학동네, 전7권), 그림동화 『이 세상에서 제일 예쁜 못난이』 『7년 동안의 잠』(어린이작가정신) 출간.

2016년 대담집 『우리가 참 아끼던 사람』(달) 출간.

2017년 소설집 『꿈을 찍는 사진사』(열림원), 그림동화 『노인과 소년』(어린이작가정신) 출간.

2018년 『박완서 산문집』 제8·9권 『한 길 사람 속』 『나를 닮은 목소리로』(문학동네), 대담집 『박완서의 말』(마음산책) 출간.

박완서(1931~2011)

1931년 경기도 개풍 출생. 1970년 불혹의 나이에 『나목裸木』으로 『여성동아』 장편소설 공모에 당선되어 문단에 나온 이래 2011년 영면에 들기까지 40여 년간 수많은 걸작들을 선보였다. 『부끄러움을 가르칩니다』 『배반의 여름』 『엄마의 말뚝』 『그해 겨울은 따뜻했네』 『그 많던 싱아는 누가 다 먹었을까』 『그 산이 정말 거기 있었을까』 『친절한 복희씨』 『기나긴 하루』 등 다수의 작품이 있고, 한국문학작가상 이상문학상 대한민국문학상 이산문학상 중앙문화대상 현대문학상 동인문학상 한무숙문학상 대산문학상 만해문학상 인촌상 황순원문학상 호암상 등을 수상했다. 2006년, 서울대 명예문학박사학위를 받았다.

박완서 산문집 9

나를 닮은 목소리로

1판 1쇄 2018년 1월 20일
1판 4쇄 2022년 4월 25일

지은이 박완서
책임편집 김봉곤 | 편집 김영수 강윤정 | 디자인 김현우 유현아
마케팅 정민호 이숙재 한민아 김혜연 이가을 박지영 안남영 김수현 정경주
브랜딩 함유지 함근아 김희숙 정승민
제작 강신은 김동욱 임현식 | 제작처 한영문화사(인쇄) 경일제책사(제본)

펴낸곳 (주)문학동네 | 펴낸이 김소영
출판등록 1993년 10월 22일 제2003-000045호
주소 10881 경기도 파주시 회동길 210
전자우편 editor@munhak.com | 대표전화 031) 955-8888 | 팩스 031) 955-8855
문의전화 031) 955-3578(마케팅) 031) 955-8864(편집)
문학동네카페 http://cafe.naver.com/mhdn | 트위터 @munhakdongne

ISBN 978-89-546-5002-1 04810
978-89-546-3452-6 (세트)

www.munhak.com